이동민 수필집
서해에서

이동민 수필집

서해에서

지구문학

| 서문 |

첫 수필집을 발간하면서

등단한 지 벌써 15년이나 흘렀다.

그동안 써온 작품을 정리해 보니, 세월무상이 느껴진다.

십 년 넘게 쓴 글을 읽어보니 새삼 내가 그 때 이런 생각을 하고 저렇게 살아갔구나! 하는 감회가 느껴진다.

때로는 지금과는 사뭇 달랐던 내 모습에 어색함이 느껴지기도 한다.

나를 문단으로 이끌어 주신 경기도의회 김원기 의원님(10대 전반기 부의장)께 감사드리며, 여러 해 동안 이런 저런 이유로 수필 쓰기에 전념하지 못하던 내게 매해 끊임없이 원고 청탁을 하여 문단 활동을 이어가게 해 준 김시원 선생님, 신민수 선생님에게 감사의 말씀을 드린다.

한 분 한 분 성함을 일일이 거론할 수는 없지만 16년간 써 온 작품에 직·간접적으로 등장하는 여러 고마운 분들께도 감사하다는 말씀을 드리고 싶다.

끝으로 글쓰기 외에는 별다른 재주가 없는 나를 늘 응원해 주는 아내에게도 사랑한다는 말을 전한다.

2021년 가을

이 동 민

3부

4부

5부

1부

서해에서

서해 먼 바다 위로 노을이 비단결처럼 고운데, 나 떠나가는 배의 물결은 멀리멀리 퍼져 간다. 꿈을 꾸는 저녁 바다에 갈매기 날아가고, 섬마을 아이들의 웃음소리 물결 따라 멀어져 간다.

— 정태춘 작사 · 작곡 「서해에서」 중

대학교 1학년 때 기숙사 룸메이트의 영향으로 정태춘이라는 가수에게 심취하게 되었다. 그리고 그가 군 복무 중 인천 앞바다를 바라보며 작곡했다는 노래 「서해에서」에 나는 해질 녘 서해를 물들이는 진홍의 낙조처럼 젖어 들어갔다. 그러면서 20년이 넘도록 영남지방을 떠나본 날들을 손꼽을 정도였던 나의 가슴에는 가본 적 한 번 없는 서해가 화가 모네의 그림 「해돋이 인상」처럼 채색되어 갔다.

대학교 3학년이 되던 어느 가을날, 불현듯 뇌리를 스친 「서해에서」의 애조 띤 가락에 나는 홀로 부안행 버스표를 끊었다. 해도 뜨기 전에 대구에서 출발한 기차는 점심때를 조금 넘겨 부안행 버스로 도착했고, 낙조를 보려던 내 소망을 조롱하듯 흩뿌리는 빗방울 너머로 영화 「조폭 마누라 · 2」의 포스터만 선명했다.

택시요금 같은 운임을 받던 격포행 구형 버스는 시골 외가에 다니곤 했던 어린 시절의 기억을 되살렸고, 제철을 맞은 전어는 신혼집 집들이를 하러 간 듯한 풍미를 자랑했다. 납작하게 접은 종이 상자를 수백 장 쌓은 듯한 채석강의 절경은 서해를 뒤덮은 구름에 낙조의 감격을 차단당한 나의 아쉬움을 달래 주었다.

변산의 품에 안긴 내소사는 산사의 고즈넉함을 그대로 간직하고 있었고, 수백 년 세월에 빛바랜 대웅전 지주는 그것이 가져다준 여유로움을 간직하고 있었다. 아담한 절간엔 훈장 달린 군복에 군화 대신 운동화를 신은 퇴역 군인들이 노후를 즐기고 있었고, 변산에 올라서니 저 멀리 곰소 앞바다가 눈에 잡힐 듯 펼쳐졌다.

오래된 사진처럼 곱게 퇴색되던 서해와 변산반도라는 장소에 나는 2년 후 또다시 발길을 닿게 되었다. 대학원 답사차 갔던 남도의 들판은 여전히 드넓었고, 수묵화 같은 간조의 갯벌은 닥스 회사의 손수건처럼 구획진 간석지의 전답과 자리를 함께했다.

유난히 구름 낀 날이 많았던 그해 여름답게 수평선 너머론 구름만 가득했지만, 채석강의 절경과 내소사의 고즈넉함은 변함없이 나를 반

겨 주었다. 한여름의 녹음이 가득했던 서해와 변산반도, 하지만 그곳
에는 철 지난 개나리처럼 샛노란 핵시설 반대의 포스터가 섬뜩하게
피어나 있었다.

장교로 군 복무를 하는 나는 포병 병과로 임관하여 전남 장성에 있
는 포병학교에서 교육을 받았다. 매주 외박을 나갔던 그곳에서 나는
절친한 임관 동기와 함께 여행을 계획했고, 우리는 무엇에 끌리기라
도 한 듯 다시금 변산으로 향했다. 군인티 내지 말자던 그 친구는 사
복에다 군용 양말을 신고는 007가방을 들었고, 나는 군인 모자 대신
체크무늬 모자를 쓰고는 서해 일몰을 보고야 말겠노라는 다짐과 함께
길을 떠났다.

진눈깨비 날리던 밤바다는 벗과 나누는 술잔에 가치를 더했지만,
이번에는 기필코 서해 낙조를 보고야 말겠다던 나의 야심은 결국 좌
절되고 말았다. 한겨울의 서해는 추위에 몸을 떠는 듯 요동쳤지만, 그
나이를 종잡을 수 없는 채석강의 층진 바위는 차가운 공기와 거친 바
다 앞에서도 의연하기만 했다.

친정처럼 찾아간 변산에서 함께 소주를 마시던 그 동기생과는 몸이

떨어진 지금도 좋은 벗으로 연락하며 지내고 있다.

  서해, 정확히 말해서 변산에 세 번이나 다녀온 나는 아직도 그 비단
결 같다는 노을을 감상하지 못했다. 하지만 간조의 갯벌과 잿빛을 띤
서해가 그려낸 아늑한 수묵화, 아득한 세월이 깎고 다듬은 채석강의
정경, 그리고 내소사의 여유로운 풍광은 나만의 「서해에서」를 작사하
고 작곡하여 내 귓가에 그 선율을 들려주고 있다.

  「서해에서」를 듣고 흥얼거리며 살아온 나의 삶들은 지금도 계속되
고 있고 앞으로도 이어질 현재진행형이다. 마찬가지로 서해를 붉게
물들이는 노을을 기다리는 나의 마음도 현재진행형이다. 언젠가는 화
창한 날의 해질 녘에 서해 앞바다를 온통 붉게 물들이는 낙조를 바라
보며 감탄에 젖을 것을 고대하며, 다시금 「서해에서」의 노래가 담긴
CD를 내가 아끼는 오디오에 걸어 본다.

– 계간 『지구문학』 제34호(2006년 여름) 발표작

차茶 이야기

　나는 다도茶道에 대해서 배워본 적도 없고 잘 알지도 못하며, 차의 종류를 감별한다거나 어떤 차가 명품인가를 식별하는 안목도 갖추지 못한 사람이다. 그저 차의 향취가 좋기에 일상을 마치고 휴일이 되면 홀로 차 한 잔하곤 하는 게 살아가면서 겪는 작은 낙으로 알고 있는 '차 애호가'일 뿐이다. 오늘도 차 한 잔하며 문득 차에 관한 짤막한 이야기를 글에 담고픈 마음이 동한다.

　티백에 담긴 부스러기 차의 풀맛 같은 차맛 밖에 알지 못하던 나는 대학에 입학한 뒤 다향茶香에 눈을 떴다. 학업에 뜻을 두고 석사·박사까지 공부를 계속할 마음을 가졌던 나는 그 탓에 자연스레 다른 동기생들에 비해 교수님들 연구실에 출입하는 횟수가 잦았다.

　교수님들은 연구실을 찾은 약관의 제자에게 한잔의 차를 대접하셨고, 찻잔을 소주잔처럼 기울이곤 하던 나는 시나브로 티백 차가 아닌 진짜 차의 마력에 빠져들어 갔다.

　그렇게 대접받던(?) 차들 가운데서도 내 지도교수님이 따라주시곤 하던 국화차의 국화꽃 향기보다 진한 매력은 6~7년이 지난 지금도 내 기억 속에서 전혀 퇴색되지 않고 있다.

*세작細雀 : 4월 하순께 수확되는 고급 차이다.
*중작中雀 : 5월 초순~중순에 수확되는 차이다.
*대작大雀 : 5월 말~6월에 수확되는 비교적 값이 싼 차.
  '세작', '중작', '대작' 등의 표현은 찻잎사귀의 크기에 따른 표현이다.

돈 없는 대학생에게 차는 얻어 마실 만한 물건은 되었건만 직접 마실 만한 것은 되지 못했고, 교직 임용과 동시에 대학원에 진학하면서 나의 차 편력은 시작되었다. 대학원 수업이나 모임을 마치면 찻집에 자주 갔었다. 찻집에서 제대로 된 다향을 접한 나는 다관에서 끓어오르는 물처럼 차에 대한 열정을 키워갔고, 마침내는 일과 후를 그리고 여유로운 시간을 차와 함께 보내는 애호가가 된 것이다.

차를 즐기려면 아무래도 어떤 차엽茶葉을 쓰느냐 하는 것이 가장 중요한 법이다. 나는 한국차와 중국차를 마셔 봤는데, 두 나라의 기질이 다르듯 차맛도 확연히 다르다. 우리나라 차가 있는 듯 없는 듯하면서도 오래 여운이 남는 그런 맛과 향을 지녔다면, 중국차는 마치 대륙적인 기상을 담은 듯 장중하게 진한 맛이 특징이랄까? 찻잎도 곡우 전에 수확한 새순인 최고급 우전雨前에서부터 세작細雀*, 중작中雀*, 대작大雀*으로 구분하는데, 아무래도 우전이 최고급으로 치는 만큼 비싼 값을 받지만 내 입에는 왠지 우전보다도 세작이 잘 맞는 듯하다.

그리고 혹 차를 처음 접하는 분이라면, 부탁하건대 티백 차는 차의 범주에서 당분간이라도 빼 주었으면 하는 바람이다. 티백 차에게는

*Cl : 염소鹽素의 원소기호이다.

미안한 말이지만 차는 온전한 찻잎을 다관에 걸러 마셔야 제맛과 향을 낼 수 있는 법이다. 부스러기 잎사귀를 물에 흔들었을 때는 풀맛과 풀냄새만 날 뿐, 제대로 된 차의 맛과 향을 느끼기는 어려울 것이다.

차는 좋은 물(?)에서 놀아야 한다. 나는 수돗물로 우려낸 차는 입에 대지 못한다. 쇠 냄새 같은 염소鹽素 냄새는 찻잎의 엽록소를 죽이고는 그 자리를 Cl*이라는 화학식으로 메꾸어 버린다.

그러기에 한잔의 차가 내 삶에 편입되고 나서부터는 퇴근길 슈퍼에 들러 생수 한 통 사가는 일이 일과가 되어 버렸다. '수어지교水魚之交'라는 사자성어 대신 '수다지교水茶之交'라는 나만의 문구가 뜬금없이 내 머릿속을 스쳐 간다.

차 한 잔 한다는 게 무슨 대단한 일도 아니고 나 같은 사람에게는 무슨 다도도 없이 그저 글자 그대로 물에 우려낸 차를 한 잔 마시는 행동에 다름이 없다. 하지만 그렇게 마신 차 한 잔 덕택에 하루의 시름을 잠시라도 잊고, 마음에 평안이 온다면 그것이야말로 다도의 정수가 아닌가 하는 독백과 함께 한잔 차를 음미해 본다.

방금 우려낸 우롱차도 남은 잎사귀가 차통 바닥에 얇게 드리워져 있을 뿐이니 이번 주말엔 아직 접해 보지 못한 일본차를, 아니면 7년 쯤 전 내게 차의 진정한 향취를 가르쳐준 국화차라도 사러 나가봐야 겠다.

- 2006년 여름 집필

코스모스 단상

워낙에 더웠고 군문에 있어 더 무덥게 느껴졌던 2006년 8월도 하순에 접어드니, 아침저녁으로는 바람도 설렁설렁 불어오고 한동안 잠자리의 단꿈을 방해하던 열대야도 기억 너머로 사라져 간다.

햇빛에 그을어 구릿빛으로 탄 피부마냥 여름의 넘치는 햇볕에 너무 광합성을 활발하게 한 탓인지 푸르다 못해 검어 보이기까지 하는 녹음의 한여름도 끝자락이 보일 듯하니, 이제는 그 푸르름 대신 색색의 꽃잎으로 세상을 물들이려는 듯 연병장의 한 모퉁이에는 가냘픈 몸매의 코스모스가 노랑색, 보라색의 꽃을 피운 채 늦여름 바람에 흔들흔들 몸짓한다.

두메산골은 아니지만 시골에서 어린 시절을 보낸 나에게 코스모스 꽃은 친숙하기만 하다. 추풍령과 직지사로 갈라지는 갈림길 국도변에 나의 고향 집이 있기에, 코스모스가 필 무렵이면 나는 가족들, 친구들과 길가에 나가 꽃을 배경으로 사진을 찍고 그네들에게는 몹쓸 짓이었지만 철없는 마음에 코스모스 꽃잎을 한 장 걸러 한 장 떼내어 마치 헬리콥터라도 되는 양 공중으로 날리곤 하였다.

철모르는 아이들의 장난에도 코스모스는 수그러들지 않았고, 바늘

모양의 잎사귀는 장미 가시와는 달리 꽃잎처럼 보드랍기만 했고, 그래서 정원 속에 갇혀 피어나는 장미와는 달리 길가에 들판에 피어난 코스모스는 옛 친구처럼 추억을 되살리는 것인지도 모르겠다.

올림픽이 열렸던 1988년의 가을은 20년 가까운 시간이 흐른 지금도 나의 마음속에서 잊히지 않는다. 삼거리에 자랑스럽게 자리 잡은 올림픽 기념 조형물은 도롯가를 장식하던 그 코스모스와 얼마나 화사하게 어우러졌던가! 고향 집에 있는 내 사진첩 속에는 이때의 어느 휴일 날 찍었을 사진 한 장이 고스란히 자리 잡고 있다. 코스모스를 배경으로 어머니, 여동생과 함께 찍은 이 사진은 아직도 빛바래지 않았다.

그로부터 코스모스가 스무 번 가까이 피었다 졌을 테고, 그동안 어린아이였던 나도 20대 후반의 청년이 되었건만 수수하면서도 화사한 코스모스의 자태는 변함이 없구나! 도로변을 장식하던 코스모스의 행렬은 지금은 자리를 옮긴 검문소까지 이어졌고, 교통순경들도 꽃에는 검문검색도 주차위반 스티커도 발부하지 않았다.

시골 외가에 다녀올 때도 코스모스는 내 발길을 반겼다. 나 어릴 적만 해도 자가용 승용차는 서민들이 가질 만한 물건은 아니었기에, 외가에 가려면 한 시간에 한 대꼴로 있는 시내버스를 타고는 30분 정도 더 걸어 들어가야 했다. 포장되지 않은 자갈길에는 바람이 뿌려준 씨앗에서 피어난 듯 코스모스가 덤불을 이루며 피어 있었다.

30분을 걸어야 하는 길이 어린 아이들에게는 만만한 노정이 아니었건만, 작고 귀여운 코스모스 꽃과 함께했던 그 길은 전혀 힘든 길이 아니었다. 요즘도 차를 몰고 어쩌다가 한 번씩 가보는 외가이건만, 포장된 도로와 새로 놓인 다리 그리고 평화로운 시골길에 어색하게 들어선 러브호텔 건물에서 문명의 편안함이나 개발된 농촌의 발전상은 조금도 느낄 수 없었다. 소박하게 고운 꽃길을 앗아간 그것들에 대한 저항감과 그것 때문이라고 해야 할 상실감만 들 뿐이었다.

군부대에서 개최된 체육대회를 응원하기 위해 앉은 관중석 뒤로는 노란빛, 보랏빛 코스모스가 떠나가는 여름을 전송하고 다가올 가을을 맞이할 준비를 하는 듯 바람에 이리 흔들 저리 흔들 흔들리며 곱디고운 자태를 드러낸다. "코스모스가 피었구나!"라고 외치는 나의 탄성에, 서울에서 나고 자라 거기서 대학까지 다닌 신임 소위는 자기는 대도시에서만 살아, 자기가 본 꽃이 코스모스인지 뭔지도 몰랐단다.

　나도 시골이 아닌 대도시에서 나고 자라왔다면 코스모스도 잊어버린 채 살아왔을까? 살아온 그리고 살아가는 환경에 따라 우리의 마음도 다른 모양새로 빚어지겠지만, 아무리 도시 속에서 하루하루를 바쁘게 뛰어다니며 살아갈지라도 소박한 꽃의 자태를 잊어버리지는 말아야 할지어다.

　세계화도 좋고 경쟁력도 좋고 IT도 좋고 다 좋지만, 자연이 선사하는 소박하면서도 가장 기본적인 아름다움 정도는 즐길 수 있어야 하지 않을까? 주변을 둘러보면 가족과 연인과 핸드폰 전화 한 통 할 정도의 시간만 투자하면 되는 그런 여유, 아름다움 말이다.

－ 계간 『지구문학』 제35호(2006년 가을) 발표작

회암사지檜巖寺址에 올라

의정부와 양주를 오가는 30번 버스의 종점이자 포천시가 지적에 있
는 곳. 고즈넉한 시골 정거장과 형제처럼 잘 어울리는 전원카페를 지
나 넓지 않은 오솔길을 따라 고즈넉한 풍경에 어울리지 않는 시멘트
공장의 삭막한 모습을 뒤로 하면, 이미 사라져 버린 대가람의 빈터는
퇴락해 버린 옛 영화를 떨쳐 보이려는 듯 장대하게 남은 주춧돌을 당
당하게 전시한다.

한 때 우리나라에서도 으뜸갈 정도로 컸던 대가람, 태조 이성계, 문
정왕후 같은 이들의 발자취 스친 옛 고찰은 주춧돌만 남아 이제는 발
굴 중인 절터가 되고 말았다. 옛 명성이 결코 헛되지 않은 듯 그 터는
실로 장대했고, 그 구조는 절이라기보다는 마치 대궐의 축소판이라
함이 더욱 적절할 듯했다. 이런 장엄함으로 지난 세월의 화려함을 되
새기려는 듯, 회암사지는 절터를 찾은 손님을 말없이 맞이하였다.

이곳이 회암사 옛 절터라는 사실을 알려주는 입간판을 돌아가면,
바둑판처럼 구획진 발굴터는 지난 세월의 유물을 찾아보라는 듯 황량
하게 패인 대지를 한 점 부끄럼 없이 드러내 놓는다. 여기저기 흩어진
돌무더기며 움푹움푹 파인 옛 절터를 바라보며 나는 어느 무인도에

보물을 찾으러 가고 싶어 했던 지난 시절의 동심을 되살리고, 수백 년 풍설을 맞고도 땅속에 묻히고도 의연하기만 한 석축의 장대함을 직면하는 순간에는 공룡 화석을 처음 보는 어린아이처럼 위압 당하고 만다.

하늘로 뻗은 한 쌍의 당간지주는 세월에 마멸되기는커녕 마치 군함의 함포를 옮겨 놓은 듯 웅대하기만 하니, 폐찰의 쓸쓸함은 일순간 뇌리에서 사라진다. 어느덧 내 눈앞에는 소실된 법당들이 다시 살아나고 스님들 독경소리에 절터에는 생기가 넘친다.

절터를 굽이돌아 발길 닿은 곳은 회암사지 전망대였다. 시에서 관리하는 문화재임을 알려 주듯 안내 간판에다 지붕까지 얹은 전망대는 뜬금없이 절터를 찾은 내게는 더없이 좋은 벗이었다. 다시 봐도 궁궐터 같은 절터에는 기단만 웅대할 뿐 가람은 간데없고 잡초만 무성하게 자라나 있으니, 권불십년權不十年이니 인생무상이니 하는 말들을 여기서 만나는구나!

한때는 육중한 대들보를 받쳤을 주춧돌은 잡초 우거진 대지 사이로 수줍은 얼굴을 내밀고, 여기저기 발굴 작업에 쓰이고 있음직한 도구

들이 흩어져 있다. 야트막한 뒷산에 곧디곧은 소나무 수백 그루 고즈
넉한 송림을 그려냈으니 절터로는 그야말로 천하 명당이건만, 저 멀
리 보이는 부도浮圖 하나만 외로이 수백 년 세월을 지키고 있을 뿐이었
다.

　옛 절터를 변함없이 지키려는 듯 곧게 뻗은 소나무 숲을, 그리고 폐
찰의 쓸쓸함에 옛 영화를 담아낸 회암사 절터를 뒤로 한 채 발길을 재
촉하는 나의 시야에는 이곳과는 형용 모순처럼 어울리지 않는 시멘트
공장이 저물어 가는 초저녁 해와 함께 들어왔다.

　그렇게 옛 절터를 떠나는 나를 저 멀리 보이는 회암사의 부도가 망
부석처럼 배웅하고 있었다. 화려했던 옛 영화는 기억 너머로 접어둔
채, 또 다시 홀로 빈터를 지켜야 하는 외로운 자신을 다시 한 번 찾아
와 주라는 듯…….

– 『경기타임즈』 2006년 12월 26일자 발표작

절 구경 이야기

절 구경, 뜬금없이 들릴는지도 모르겠지만 적어도 우리나라 사람들에게 이것은 대단히 익숙하면서도 즐겁게 여겨지는 일이다. 그도 그럴 것이, 우리나라에는 웬만큼 경치 좋은 곳에는 예외 없이 절이 고즈넉하게 자리 잡고 있기에 어디 경치 좋은 곳에 관광을 가거나 하게 되면 자연스레 절 구경을 하게 되는 일이 많기 때문이다.

교회에 나가지 않는 나를 기회만 되면 '전도' 하려고 드는 내 친구도 절 구경은 좋다고 하니, 우리나라 사람들에게 '절' 이란 단어는 '사찰' 이라는 본래의 뜻 외에 경치 좋은 곳 내지는 관광지, 명승고적이란 의미도 함께 들어있다고 해도 별로 틀린 말은 아닐 것이다.

소나무 숲이 보기 좋게 우거진 산에 태아처럼 포근히 안겨 있는 절에 가면, 그저 자연 속에 들어서는 것과는 또 다른 무언가가 느껴진다. 사람이 '인간' 이라는 딱딱한 용어로 타자화 되어 버린 것이 아닌, 자연 속에 조화롭게 살아가는 따스한 사람 냄새라고 해야 할까? 불가에서 말하는 깨달음이니 해탈이니 하는 말들도 따지고 보면 그처럼 너와 나, 이것과 저것을 칼로 베듯 구분하지 않는 포용력, 사람과 사람, 사람과 자연, 너와 내가 평화롭게 살아가는 데서 시작하고 끝나는 것이 아닌가 싶다.

그런 이유에서인지 유명세로는 우리나라에서 제일가는 사찰인 경주 불국사에 가서는 실망을 많이 했다. 다보탑과 석가탑의 조형미, 청운교와 백운교의 웅장한 아름다움이야 세상 그 무엇에 견주겠냐만, 너무 개발되어 산사의 맛을 잃은 듯한 풍모에는 뭔가 부족하다는 느낌을 지울 수 없었다.

나는 단체 관광을 와서는 눈으로 훑듯이 구경을 하다 가람 건물이며 탑들을 배경으로 사진만 찍고 떠나가는 식의 절 구경은 적잖이 싫어하는 편이다. 그런 식의 절 구경은 구경하는 사람의 다리만 아프게 할 뿐, 산사의 고즈넉함과 푸근함은 아예 쳐다볼 수조차 없게 만들기 십상이다.

사찰에서는 사찰이 주는 맛을 천천히 그리고 가슴 깊이 음미해야 한다. 굳이 다리 운동을 하려면 차라리 집 근처 공원에서 조깅을 하는 것이 나을 테고, 멋진 배경에서 찍은 사진이 필요하다면 돈과 시간을 죽여가며 산사에 왕림하는 것보다는 인터넷과 포토샵의 도움을 받는 것이 훨씬 효율적이지 않을까?

*이안삼 선생님은 김천중·고등학교에서 명예롭게 정년퇴임을 하신 다음, 서울에 올라오셔서 국내 가곡과 클래식 음악 발전을 위해 현직 교사 시절보다도 더욱 활발한 작곡 활동을 하시다 지난 2020년 영면하셨음을 밝혀 둡니다.

그러고 보니, 내 가슴 속에는 4곳의 절이 비명碑銘처럼 새겨져 있다. 경북 김천의 직지사, 마찬가지로 경북 김천의 고성산高城山 기슭에 자리 잡은 이름 모를 암자, 전북 부안의 내소사, 그리고 경북 영주의 부석사가 바로 그곳이다. 이 중 앞의 두 군데는 내 개인적인 추억의 세계에 닻을 내리고 정박해 있으며, 뒤의 두 곳은 풍광과 경치로는 그 어디에도 비교할 수 없는 명승지이다.

나는 경북 김천에서 학창시절을 보냈고, 특히 초등학교는 직지사에서 걸음으로 30분 거리에 있어서인지 이름도 '직지'가 들어간 직지초등학교를 다녔다. 그 덕분에 한 달에 많게는 3~4번, 적어도 한 번은 자연보호 활동을 하러 토요일 3교시 4교시 수업 대신 그곳에 다녔다.

그것도 모자라 소풍도 직지사로 가곤 했으니, 그때는 '직지사'라는 말만 들어도 지긋지긋했건만 지금 한 번씩 가보면 그때의 지겨움은 간데없고 황악산 기슭에 자리 잡은 사람들이며 산이며 물들이 반갑기만 하다.

고등학교 시절 만난 음악 선생님은 바로 저명한 가곡 작곡가 이안삼 선생님*이다. 지역에서도 알아주는 유명인사였던 선생님은 시간이 나면 학생들을 이끌고는 학교 뒷산인 고성산에 등산—당신께서는 '자연학습' 이라고 표현하곤 하셨다—을 가곤 했다.

큰 산은 아니지만 나지막하면서도 아기자기한 고성산 기슭에는 이름 모를 작은 암자가 있었고, 그 앞에는 길이가 20m는 됨직한 현수교가 그곳을 찾는 사람들을 맞이했다. 암자보다도 다리가 더 신기했기에 그 후로도 가끔 한 번씩 찾아가 본 곳이었지만, 아직도 그 암자의 스님들이며 모셔진 부처님을 만나지는 못하였다.

풍광이 멋진 절이라면 나는 변산반도에 있는 내소사, 그리고 소백산 자락의 부석사를 들겠다. 내소사는 간결함과 여백의 미가 느껴지는 절이다. 시원하게 뻗은 솔숲길과 수백 년 세월을 소박하게 담은 가람을 보노라면 마음에 있는 온갖 번뇌들이 서해의 썰물에 함께 씻겨가는 것만 같다. 가람의 뒷산에 올라 직소폭포의 시원함, 그리고 저 멀리 보이는 곰소 앞바다의 정경을 감상하는 것은 돈 주고도 할 수 없는 사치라 하겠다.

부석사에서는 산사의 아름다움이란 이런 것이구나 하는 것을 생생하게 느낄 수 있다. 소백산 자락에 포근하니 안긴 가람 저 너머로 흘러가는 듯 첩첩이 늘어서 있는 백두대간의 산줄기에 갈색으로 비친 저녁노을을 보면서 부석사 스님이 연주하는 북소리에 취하다 보면, 아옹다옹 살아가는 속세에서의 삶이 다 부질없이 여겨질 뿐이다. 나는 사계절 중 여름, 가을, 겨울에 부석사를 찾아보았지만 그중에서도 가을의 정경이 으뜸이었다.

의정부에 온 지가 벌써 1년하고도 8개월이나 지났는데, 절경이라는 망월사望月寺를 한 번 들러본다는 게 아직도 마음속에서만 맴돌고 있다. 내년 가을이 지나면 의정부를 떠나가게 될 터인데, 그 전에 망월사에서 달님을 바라보며 소원이라도 빌어 보아야 할 터이다.

– 2006년 가을 집필

지리산 철쭉을 그리며

"지리산 능선 굽이굽이, 가없이 펼쳐진 철쭉꽃의 향연" — 철쭉꽃 피는 봄철에 지리산 자락을 노닐어본 일은 없는 나에게 그곳에 꽃구경 나온 사람들의 이야기가 실린 신문기사가 동봉된 원고 청탁이 날아들었던 날, 나의 기억 한 켠에서는 한 장의 그림엽서가 고운 빛깔을 녹여내며 오버랩되었다.

몇 년 전 제주도에서 돌아오는 국내선 비행기의 엽서와도 같은 창을 통해 보이던 지리산의 웅대한 풍모, 표지판이 없어도 가이드의 자상한 설명 같은 것도 없이도 크고 작은 산들을 압도하며 묵묵하게 그 고독한 웅자雄姿를 자랑하던 장대한 산줄기의 모습, 그것이 바로 남한에서는 한라산 다음으로 크다는 지리산이었다.

스치듯 보았건만 몇 년의 시간이 흘러도 빛바래지 않는 거산의 웅대함, 소인배들에 연연하지 않는 군자의 모습처럼 조그마한 산줄기의 물결에는 의연한 채 하늘 아래 당당한 저 산의 기백이 있었기에 옛 사람들은 '군자는 요산요수樂山樂水'라는 말을 해 가며 장대한 산악의 기개를 찬탄했었는지도 모른다.

스쳐 지나가듯 지리산의 머리 위를 비행기를 타고서 지나가던 그때는 계절의 여왕이라는 5월이 막 행차를 시작했을 무렵이었으니, 그 장대한 산자락에 피어난 꽃들은 얼마나 빛깔 고왔을 것인가? 그리고 그렇게 높은 하늘에서 내려다보지만 않았던들, 봄날의 지리산이 그려 낸 천하제일의 산수가 내 눈 앞에 펼쳐지는 사치도 누릴 수 있지 않았을까?

내려다본 것은 봄날의 대지였지만 여객기가 순항巡航하는 만 피트도 넘는 창공이란 구름 구경하기는 좋되 봄빛이라는 물감을 풀어 그린 철쭉꽃이라는 수채화를 감상하기에는 너무나 먼 하늘이었다. 그랬기에 봄의 정경을 두고서는 대지의 웅장한 조형미만 뇌리에 새겨야 했던 아쉬움은 몇 년의 세월을 거슬러 가슴속에 와닿는다.

여객기가 아닌 내가 직접 조종하는 비행기였다면 고공을 선회하며 지리산의 자락이 빚어낸 웅대한 역동성을 감상한 다음 기수를 낮추어 수백 리 굽이도는 능선을 장식한 철쭉꽃의 자태에 취했을 일이건만, 누군가를 또는 무엇인가를 그저 지나쳐 버리는 일은 그래서 때로는 사람의 마음을 아프게 하는 것일지도 모른다.

봄이 되면 이곳저곳에서 우아한 미소를 머금는 철쭉꽃, 하지만 조

경에 무지한 이들 탓에 건물 한 켠에 아무렇게나 심어진 몇 가닥 나무
줄기에 달린 것들과 산록을 물들이며 봄의 햇살을 분홍빛 거울처럼
반사하는 장대한 철쭉 군락의 아름다움을 어찌 견줄 수 있을 것인가?
하물며 물도 계곡도 깊고 산줄기 바위는 장대하다 못해 웅장하기만
한 지리산의 그 선 굵은 능선마다 계곡 따라 피어난 철쭉꽃들의 아름
다움을 논하고자 한다면, 굳이 꽃피는 봄날에 산자락을 밟은 사람은
물론 철쭉의 발그레하여 고운 자태와 지리산의 웅자에 대해 알고만
있어도 그 자격이 충분할 일이다.

　군문에 있음이 굴레가 되어 다가올 봄에도 지리산 철쭉과 햇살 좋
은 봄날을 함께할 수 없다면, 그 굴레가 추억의 저편으로 넘어갈 내년
의 봄날을 기약해 보리라. 나도 이제는 지리산을 온통 분홍빛으로 물
들인 철쭉꽃 나무들만큼이나 많은 봄철 지리산 꽃구경 인파와 함께하
고 싶다. 깊고 깊어 시원한 지리산 계곡물과 주변의 산줄기를 온통 압
도하는 지리산 자락이 봄 햇살을 받아 피워낸 그 철쭉꽃 한가운데에
서 말이다.

　그 속에서 끝없이 펼쳐진 꽃의 바다에 깊이깊이 빠져들고만 싶다.

향기로운 분홍의 심연에서 내 마음마저 분홍빛으로 물들이고 싶다. 지리산의 가없는 기백을 그리고 철쭉꽃의 웅대함을 피워낼 섬세한 아름다움에 동화되고 싶다. 그리고 한 송이 철쭉꽃이 송이송이 모여 산천을 사르는 꽃의 불이 되듯이, 그런 아름다움이 나에게서 다른 사람들에게로, 이 사람에서 저 사람으로 퍼져가게 하고 싶다.

　이번 봄이라도 좋고, 내년이나 아니면 그 다음의 봄이라도 좋다. 지리산 철쭉꽃을 마음속에 그려 보자니, 철쭉꽃에 온통 분홍으로 진홍으로 채색되어 있을 봄날을 그리는 마음이 더해만 간다. 하늘 아래 당당한 지리산의 정상에 올라 꽃의 바다와도 같고 봄빛 들불과도 같은 철쭉꽃의 멋스러움에 취해보는 것, 그것이야말로 진정 '내 인생의 봄날'이 아닐까.

- 계간 『지구문학』 제37호(2007년 봄) 발표작

2^부

청계천에서

(전략) ······ 오직 두 개의 선택이 우리에게 있을 뿐이다. 첫 번째 선택은 너무나 무자비하게 우리들의 필요를 위해 사용된 결과 하나의 풍경이라기보다는 마치 야외의 공장과 같이 돼버린 자연이다. 두 번째 것은 인간이 매우 오랫동안 점거한 결과 파괴되어 버렸으나, 어떤 점진적이고도 계속적인 적응과정을 통해서 '하나의 풍경'의 수준으로 재상승된 것이다. ······ 비록 인구가 덜 조밀하고 덜 개간되었기 때문에 유럽의 풍경보다는 더욱 야성적이기는 해도, 벌써 그것이 원래 지녔던 신선함을 모두 상실해 버린 자연에 익숙하게 되었다. 이곳의 자연은 야성적이라기보다는 격하되어 버린 것이다. ······ (후략)*

2005년 10월 1일, 한때는 탱크를 앞세운 군인들이 서울 한복판을 행진하던 '국군의 날'이기도 한 이 날 서울 시내는 유난히 북적였다.

군대의 퍼레이드는 없었지만, 그 많은 사람을 서울 한복판에 불러모은 것은 30년 만에 시민들에게 그 모습을 다시 드러낸다는 청계천

*C. 레비 스트로스, 박옥줄 옮김(2006), 《슬픈 열대》, 한길사, p. 225.

이었다.

　한때는 이 나라의 자랑이었던 청계고가도로가 있던 자리에는 예쁜 공원이 들어섰고, 30년이란 긴 세월 동안 담쌓고 지내야만 했던 햇살을 다시금 맞으며 반짝이는 물줄기는 웅대하지는 않되 소담하고도 시원스레 흘렀다. 강물이 아닌 사람의 물결이라고 해야 할 것인가? 다시 트인 청계천을 맞이하러 온 인파는 청계천 냇물이 아니라 그 넓은 한강 물에 비하고도 남음이 없었겠지만, 그토록 북적대는 인파 속에서도 사람들의 얼굴에는 여유와 환희가 그려졌다.

　과연 청계천이란 이름은 그저 도시를 흐르는 하천의 이름을 뛰어넘은 것인지, 서울에는 연고도 없거니와 애초부터 오래 머무르려고 온 것도 아닌 내가 그들의 마음을 전부 이해하기는 힘든 법이리라. 한때는 총칼에 비행기, 탱크까지 팔았다는 청계천 상가와 상인들도 고가도로와 함께 떠나가 버렸고, 모여든 사람들의 숫자만큼이나 많을 법한 지갑을 노리는 생수 장수들의 모습이 사라져간 청계천 상혼을 연관성도 지속성도 없이 이어가는 듯하였다.

　그로부터 2년여, 이제 청계천에 그때만큼 수많은 사람이 몰려들지는 않는다. 하지만 그 물줄기는 2년 전이나 지금이나 사람들, 서울 시민들과 흐른다. 이름값 한다는 예술가들이 자신들의 이름을 새긴 조형물들을 풍광 좋은 천변川邊에 자랑스레 세워 두었고, 남녀노소를 불문한 방문객들은 그야말로 제집의 정원을 거닐듯 청계천을 따라 노닐고 걸었다. 청계천에 물고기가 돌아왔다는 등의 희소식들, 그리고 천변에 설치된 미술 작품에서의 실족사와 같은 비보들도 청계천 물소리와 함께 언론을 타고 흘렀다.

시간이 날 때면 나도 청계천을 찾는다. 서울 토박이들, 서울에서 오늘을 살아가고 내일을 준비하는 이들에 비하겠냐마는 나 역시 이 거대한 도시의 한복판을 흐르는 한 줄기 물줄기가 반갑고 시원하기는 매한가지다. 천변을 거닐며 데이트를 열심히 하는 연인들, 징검다리를 건너는 아이들의 모습을 보노라면 시골 출신인 내 머릿속에 무언가 겹치는 영상이 떠오를 만도 하건만 그러기에는 어딘지 모를 부족함이 있기에, 추억이라는 물감과 낭만이라는 붓으로 그려내려는 내 마음속 풍경화는 끝끝내 미완성 작품으로 마무리되고 만다.

철근 콘크리트 건물 가득한 도시를 시원하게 가로지르는 물줄기,

내 집 정원이었으면 하는 마음이 절로 들게 만드는 천변의 조경이며 조형물들, 하지만 30년 만에 햇살을 봤다는 청계천에 흙냄새는 여전히 돌아오지 않는다. 도시인의 일상에 찌든 삶을 달래고 피로를 풀어줄 법한 오늘날 청계천의 그 영롱한 색채감—하지만 그것은 일곱 빛깔 무지개의 영롱한 색채도 아니요, 봄날의 꽃과 가을철 단풍이 연출하는 색색의 향연도 아니었다. 잿빛 고가도로가 옛 사진 속으로 퇴락해 간 청계천의 모습은 분명 색채감 넘치는 화사함이건만, 그것은 삭막함만 탈색시킨 시멘트와 금속의 또 다른 변주곡이었다.

청계천은 오늘도 흐른다. 햇살을 받으며 때로는 빗방울을 동지로 맞이하며 거대도시 서울의 한복판을 상쾌하게 흐른다. 하지만 거기에는 '복원'된 청계천은 풍경이 되어 흐르되, 자연 속에 살아 숨 쉬며 흐르는 한 줄기 가람 청계천의 물줄기는 아직도 보이지 않는다.

이제는 만나고 싶다. 매끈하게 다듬어진 대리석과도 같은 콘크리트의 풍경 대신, 풀 내음과 흙내음을 담고 흐르는 자연 그대로의 청계천을 만나고 싶다. 자연을 흉내 내 건설한 콘크리트 뚝방 대신, 들풀과 물풀 사이로 흐르는 자연 그 자체의 청계천 냇물을 만나고 싶다.

예술혼이 담긴 조각품 조형물들도 좋다. 하지만 그것만으로는 뭔가 부족하지 않을까? 그저 '복원'된 청계천이 아닌, 진정한 자연의 청계천을 거닐고 싶다. 그 속에서 물소리 듣고 흙내음 풀향기도 음미하고 싶다. 아름다운 조각품도 맑디맑은 물줄기를 헤엄치는 물고기들도 자연 속에 있을 때 비로소 우리 곁에 살아서 존재할 수 있으리라.

- 『지구문학작가회의 사회집』 제6집(2007년) 발표작

침산낙조砧山落照

水自西流山盡頭   물줄기 서로 흘러 산머리에 닿고
砧巒蒼翠屬淸秋   침산의 푸른 숲은 가을 청취 더하네
晩風何處春聲急   저녁 바람 타고 오는 방아 소리는
一任斜陽搗客愁   노을에 젖은 나그네 시름 애끓게 하네

– 서거정, 『신증동국여지승람』 중에서

　대구 달성 출신의 학자이자 문관이었던 서거정 선생, 그는 왕명을
받아 지리지『신증동국여지승람』의 편찬 작업에 참여하면서 자신의
고향 대구의 아름다움을 열 편의 칠언시七言詩로 노래하였다. 이름하
여 대구십경大邱十景이라 불리는 열 군데의 명승지, 이 중 제10경은 바
로 금호강이 휘돌아 나가는 다섯 봉우리를 가진 언덕인 침산에서 맞
이하는 낙조, 즉 침산낙조이다.
　직장 생활과 대학원 수업을 병행하는 나에게 다른 약속이 없는 일
요일은 흔히 '하고 싶은 공부'를 위해서 돌리게 된다. 하지만 아무리
공부하고 싶어 직장인 생활에 대학원생 신분까지 겸한다고는 하지만
햇살 좋은 일요일 오후에 집 안에서 책만 붙잡고 있는 것도 그다지 즐

겹다고 할 만한 일은 아니다.

잠시 머리도 식힐 겸 손에 잡은 대구 관광 안내 책자에서 우연히 대구십경에 관해 쓴 기사가 눈에 들어온다. 눈 덮인 팔공산八公山의 설경, 금호강琴湖江에서의 뱃놀이 등, 대구에서 살아가는 사람이라면 누구나 고개를 끄덕일 법한 기사의 말미에는 어딘가 생경한 이름의 침산낙조가 산기슭 너머로 쓸쓸하게, 하지만 우아하게 져 가는 모습을 담은 사진과 함께 실려 있다.

'그래, 오늘 저녁에는 침산에서 저 고적한 낙조를 보러 가자!'

남과 북을 1,000m도 넘는 고봉준령이 둘러싼 분지, 바다 내음이라고는 횟집의 수족관에서나 맡을 수 있는 내륙도시 대구에서 낙조를 본다는 것은 마치 푸른 나무에서 고기를 잡겠다는 말처럼 들릴 법도 하겠지만, 옛 현인이 이르기를 그냥 낙조도 아니고 절경이라고 전하니 빈말로 헛되이 들어 넘길 이야기는 아닌가 싶다.

날씨 화창하겠다, 시곗바늘은 오후를 지나 저녁 먹을 시간으로 달려가고 있겠다, 더 늦기 전에 발걸음을 재촉해야겠다. 시내버스에 몸을 싣고 목적지인 침산공원으로 향하니, 삼십 분 남짓한 시간을 타고 인터넷의 사진으로만 보아야 했던 이정표가 이제는 실물이 되어 내 눈앞에 다가온다.

나지막한 침산의 자태를 온통 가려 버리는 신도시 아파트촌, 하지만 몇 걸음 돌아 나가니 마치 20년 전의 대구가 되살아나듯 옹기종기 작은 집들이 야구장을 메운 관중들처럼 언덕을 기대고 앉아들 있다. 시장이라도 할까 싶어 '베이커리' 와는 조금도 어울리지 않고 '빵집' 이라고 불러야 마땅할 제과점에서 천 원짜리 빵 한 봉지 사 들고 산책로를 따라 올라가니, 산허리를 따라 집들이 일렬로 도열하고 저 너머로는 300만 인구가 모여 사는 대구의 정경이 공들여 만든 한 폭의 디오라마처럼 펼쳐진다.

"뉴질랜드의 부호들은 해안가의 언덕마루에 집을 짓고 그 멋진 바다 경치를 즐긴다네. 우리나라와는 상반된 모습이지."

문득 귓가에서 되살아나는 지도교수님 말씀. 몇 년 전 뉴질랜드에서 안식년을 보내셨던 지도교수님은 그곳의 세태를 이렇게 전하셨다.

대구 시내가 한눈에 들어오는 전망대와도 같을 법한 침산 언덕을 따라 늘어선 집들은 필경 큰 부자나 물질적으로 넉넉한 사람들이 살 법한 집과는 거리가 있어 보였다. 과연 이곳에서 살아가는 사람들에게 이곳은 어떤 곳일까? 풍광 좋은 아름다운 마을일까, 돈을 더 모으면 더 살기 좋은 곳으로 떠나야 할 그런 곳일까, 아니면 그도 저도 아닌 단지 수십 년 정을 붙여 살아왔고 앞으로도 살아가야 할 고향인 것인가?

푸르른 나무 사이로 완만하면서도 널찍한 산책로는 등산의 힘겨움이 아닌 늦은 오후 산책길의 아늑함을 주었고, 휴일 저녁의 한가로움을 즐기러 나온 가족들의 모습은 공원의 편안함과 사람 살아가는 내음의 살가움을 더해 준다.

어느덧 저녁해는 서산에 기울고, 주홍빛으로 식어가는 저녁해는 참나무 가지를 건들며 대지를 향한다. 낙조의 주홍빛 저녁놀, 그것은 갯벌 너머로 끝없이 펼쳐진 희뿌연 서해도 아니고 하늘 가는 길 같은 지리산 운해도 아닌 내가 살아가는 땅 대구의 터전을 발갛게 물들인다. 저녁노을에 물든 도시의 풍경, 그리고 먼 산 너머로 저물어 가는 저녁

해, 이제껏 고향은 아름답다고, 사람 사는 풍경은 아름답다고 귀가 따 갑도록 들어온 말이고 또 해 왔던 말이건만 이것이 이토록 장엄한 풍 광이 되리라고 언제 생각이라도 해 보기나 했던가?

진회색으로 포장된 도로도, 넓게 펼쳐진 대지 위로 우뚝 솟은 빌딩 도, 대구라는 거대한 분지를 수를 가늠하기 힘들 정도로 빼곡히 메운 크고 작은 집들과 건물들도 침사의 저녁 햇살을 받으며 주홍빛 비단 자락이 되어 대지를 너울거린다. 눈부신 햇살 대신 은은하면서도 붉 디붉은 노을을 선사하며 서쪽 산자락 너머로 발길을 재촉하는 저녁해 는 침산의 푸른 숲 가지 잘 뻗은 나무와 멋진 조화를 이루고, 노을에 젖은 도시의 그림자는 나그네 시름을 애끓게 하는 대신 한 시민의 가 슴을 심미審美와 감동의 물결로 적신다.

낙조의 붉은 파도도 한밤중의 검은 장막에 자리를 양보하고, 어둠 이 드리워 가는 침산공원의 등산로를 따라 집으로 가는 길을 재촉하 는 나의 눈앞으로 바다처럼 보이던 도시의 풍광이 조금씩 도로와 건 물의 윤곽을 뚜렷이 해 간다. 구름과 빗물이 해를 가리지 않는다면, 침산의 낙조는 내일도 내년에도 그 언제까지라도 이 큰 도시를 붉게 물들이겠지.

 더운 공기가 선선해지고 가을바람이 불어올 때가 되면, 다시 한 번
이 나지막하지만 아름다운 산에 올라야겠다. 저녁 바람 타고 방앗소
리를 들을 수야 있으련만, 가을바람 타고 오는 낙조의 붉은 빛에 물들
며 옛 현인의 풍류를 따르는 즐거움이야 비할 일이 없으리라….

- 계간 『지구문학』 제43호(2008년 가을) 발표작

청포도가 익어가는 계절이면,
기억 속을 푸르게 찾아오는 그 손님

너 언젠가 그 마을까지 가게 될 일이 있거든,

포플러 거리의 조그만 집을 찾아가 보려무나.

그곳에 지금도 고운 눈의 소녀가 살고 있거든,

그 녀석은 너를 잊지 못한다고, 그 한 마디만 전하여 주려무나.

하얀 옷자락을 바람에 날리며 잘 웃어주던 그 소녀도

이젠 어른스런 사랑을 속삭이며, 지나간 사랑을 잊었을까…….

무슨 시구처럼 보이는 이 글은 내가 유치원 다닐 무렵 유선방송에서 상영해 주던 만화영화의 주제가 가사이다. 통기타 반주까지 곁들이며 감미로운 목소리를 타고 흐르던 이 노래는 놀랍게도 순정만화도 아닌, 우주선이 등장하는 SF만화영화의 주제곡이었다.

어른스런 사랑이 무엇인지도 지나간 사랑이라는 단어가 뜻하는 바도 전혀 알지 못했던 유치원생의 귀에도, 만화 주제가와는 일말의 연결고리조차 찾기 어려운 통기타 반주의 감미로운 멜로디는 인상적이었던가 보다.

다섯 살 위의 사촌 형에게 '여자들 노래 같은 이상한 만화 노래'를 부른다는 핀잔을 그렇게 받고도 끊을 수 없는 습관처럼 이 노래를 흥얼거렸다가는, 아직도 가사를 잊지 못하고 있을 정도이니 말이다.

포플러 거리에는 아무런 추억거리도 없는 나의 마음 한구석에도, 이름 모를 어느 통기타 가수가 불렀던 고운 눈의 소녀는 아직껏 '고운 눈의 소녀'로 살아 있다.

이제는 더 소녀가 아닌, 한 가정의 구성원으로서 정말로 '어른스런 사랑'이 어울리는 그 '소녀'는, 연인도 짝사랑의 대상도 아닌 대학 동기생 친구였다.

내가 졸업한 대학은 그 규모가 인근의 고등학교와 비교당할 정도로 작은 학교였다. 그랬기에 대학 동기들은 서로 간에 일면식은 교환할 정도였고, 특히 바로 옆에 붙어있는 학과와는 학과 수업을 함께 듣는 경우가 많았기에 의도하지 않아도 자연스럽게 스침과 만남이 잦아질 수밖에 없었다. 그 '소녀'와의 만남 역시 그렇게 이루어졌다.

대학 수업을 마친 어느 날 밤, 나는 우연히 평소 알고 지내던 옆 과 남학생들의 술자리에 합석하게 되었다.

마침 그 자리에는 같은 과 여학생들도 몇 사람 앉아 있었고, 부담 없는 대학가 술자리의 정겨운 분위기 속에서 나는 그들과 자연스러운 소개의 장을 가질 수 있었다.

　당시 내가 학교에서는 나름 명물 소리를 들으며 대학 생활을 하고 있어서였는지, 아니면 마침 그 당시 같은 수업을 듣고 있어서였는지는 모르겠지만 나는 첫 만남이었으면서도 그 여학생들과 어색함 없이 많은 이야기를 주고받을 수 있었다.

　그중에서도 긴 생머리에 고운 눈을 가졌으면서도 하얀 옷자락을 날리는 대신 여대생들이 즐겨 입는 청바지와 티셔츠를 입고 있었던 싹싹한 성품의 여학생과는 특히 많은 대화를 막힘없이 나누며 즐거운 시간을 보냈던 기억이 새롭다.

　같은 강좌를 듣고 있었기에 그 여학생과의 친분은 자연스레 유지되어 갔고, 연애소설의 순식간에 타오르는 불꽃 같은 사랑과는 달리 우리 사이는 연애감정을 채색하지 않은 친구의 모습으로 그려졌다. 애초에 그가 사귀던 연인이 있었기에 더욱 그랬었는지도 모르겠지만, '친구가 연인으로 발전한다' 라는 이야기가 무색할 정도로 우리 사이에서는 연애감정이나 연인으로서의 관계는 싹아낸 모종처럼 커나가지 못하고 오직 친구로서의 우정만 깊어갔다.

서로의 생일을 축하해 주고, 기쁜 일 힘든 일 함께하며 때로는 서로의 연애상담을 해 주기까지 하던 그런 친구가 되어 갔다. 햇살 뜨거운 7월의 끝자락이 생일이었던 그 친구에게 전해주었던 생일 축하 메시지에 '더위 먹지 않도록 몸조심해' 라는 말을 감사의 인사와 덧붙여 보냈던 답신도 그때의 사랑 아닌 우정을 담은 추억거리가 되어 내 기억에서 사라지지 않으리라.

대학 친구 이상의 인연은 없다는 것인지, 그녀와의 인연은 대학 졸업과 더불어 막을 내렸다. 타향 출신의 그녀는 고향에 일자리를 구했고, 대학 시절의 마지막 크리스마스트리가 불을 밝히는 것을 며칠 앞두고는 고향으로 내려갔다.

졸업하기 전 친구들끼리 모여서 잊지 못할 송별연을 열자던 계획은 이런저런 사정으로 인해 계획으로 끝났고, 헤어짐이 아쉬워 마지막 점심 식사를 함께했던 피자가게는 이제 해장국집으로 변해 버렸다.

대학 시절에는 연애는커녕 좋아한다는 말도 프로포즈도 하지 않은 그저 친한 친구일 뿐이던 그 사람이었지만, 지금 내가 나의 기억 속에다 옛사랑이라는 제목을 달고 마련한 노트 위에 적어둔 이름은 오직 그 친구 한 사람뿐이다.

대학을 다니며, 또 졸업하고 사회생활을 하며 만났던 사람 중에는 '연인' 또는 적어도 '짝사랑' 이라는 말로 수식할 이름들이 분명히 존재하건만, 이들의 이름은 세월이라는 강물에 희석된 지 오래인데도 오직 그 이름 하나만이 그 책장에 기록된 채 잉크의 빛깔만 진해져 가는구나!

지난 사랑이라는 이름을 붙이기조차 조심스러운, 단지 좋은 친구였던 그 소녀는 이제 결혼을 해서 정말로 어른스런 사랑을 해야 할 위치에 이르렀다. 3년 전 결혼 소식을 접했을 때, 나는 포병 장교 신분으로 군 복무 중이었기에 결혼식장에도 참석하지 못했다.

뒤늦은 결혼 축하 전화에서 오랜만에 서로의 안부를 주고받으며, 일요일 오후에 장교 관사에서 브람스의 교향곡을 배경음 삼아 작설차의 향취를 즐긴다는 나의 이야기에 군대 간 사람 맞냐고 얘기하던 그 친구의 목소리는 내가 기억하는 가장 최근에 들은 목소리이기도 하다.

흔히들 첫사랑의 추억은 평생토록 잊히지 않는다고 한다. 하지만 나에게는 '사랑'이라고 부를 만한 근거조차 명확하지 않은 여자 동기생, 친구에 대한 감정이 이다지도 애틋하니, 사람의 마음이란 정말로 오묘한 게 맞기는 맞나 보다.

그리고 보면 사랑이란 정열이나 애절함, 헌신과 같은 것으로 이루어지는 것만도 아닐는지도 모르겠다. 그와 같은 것들과는 거리가 멀었던 대학 동기간의 우정이 이토록 그런 사랑보다도 더 애틋하고 깊이깊이 내 머릿속에 각인되니 말이다.

한 가정의 아내가 되었고, 이제는 아마도 한 아이의 어머니가 되었을 그 친구에 대한 추억은, 마침 생일이었던 7월이 되면 햇살에 익어가는 청포도의 푸르름처럼 맑고 선명한 빛깔을 얻는다. 일제강점기를 살았던 어느 유명한 저항 시인이 청포도를 제목으로 하여 읊었던 시에 나왔던 것처럼, 그 친구는 청포도가 익어간다는 7월이면 청포 입고 찾아온다는 그 손님처럼 내 기억을 찾아온다.

이제는 더 이상 학창 시절처럼 수업 마치고 맥주 한잔 함께 할 수도 없고 내가 직접 청포도를 따다가 목마름을 축여줄 수도 없는 지난날

의 친구일 뿐이지만, 청포도 익어갈 무렵이면 내 기억 속의 첫사랑 아
닌 첫사랑을 위해 나만의 노래를 불러 보는 것도 나쁜 일은 아닐 것이
라 믿는다. 그 친구가 정말로 어른스런 사랑을 속삭이면서, 행복한 가
정을 꾸려나갈 수 있도록….

– 계간 『지구문학』 제46호(2009년 여름) '이달의 수필' 선정작

시원한 비, 뜨거운 비

　신문지상에 폭염 특보며 더위 소식이 매일같이 오르내리는 올여름 나기는 문자 그대로 고역이었다. 말복이 지난 지가 일주일이나 지났는데도 더위는 가실 줄을 모르는지, 고작 몇십 미터만 걸어도 이마며 등이며 겨드랑이에서까지 폭포처럼 솟구치는 땀에는 정말 두 손 드는 것 외에는 방법이 없다.

　유난히도 땀이 많고 여름을 심하게 타는 체질 탓에 해마다 여름만 되면 내무반에 갓 들어온 이등병처럼 바짝 긴장하는 게 내게는 연례행사와도 같지만, 그런 내게도 올여름은 정말 그 어느 해보다도 지내기 힘들었던 찜통더위 여름이었다.

　일기예보를 보면 예년과 비교하여 특별히 기온이 더 높거나 하지는 않은데, 몇 걸음만 걸어도 살갗을 흠뻑 적시는 올여름의 눅눅한 습기는 그야말로 우리나라 전체가 거대한 습식 사우나가 되어버린 것이 아닌가 하는 착각을 불러일으키기에도 부족함이 없을 정도였다.

　장마철이라 불릴 즈음에는 비 소식도 없이 마른장마 이야기가 나오더니, 장마가 수그러들어야 할 무렵에는 시도 때도 없이 비가 내렸던 것이 올여름이었다. 그러고 보면 지난해 여름에도 이상하리만치 장마가 길고 비 내리는 날이 많아서 여름 한 철은 무사히(?) 넘겼던 기억도 난다.

똑같이 비 잦은 여름인데 올 여름은 다르다. 비가 와도 땅이 식을 줄, 공기가 시원해질 줄을 모른다. 어느 날 저녁이었나, 동료 대학원생들과 저녁 식사를 하러 간 날 갑작스레 소나기를 만났던 기억이 난다.

식사를 마칠 무렵 그쳐준 소나기, 돌아오는 길에 우리는 한여름날 저녁 대지로부터 물안개가 잔뜩 피어오른 광경을 목격할 수 있었다. 세상에, 얼마나 덥고 습했던지 비 내린 다음 습기가 안개처럼 피어올라 버린 것이다. 8월 하늘이 선사해 준 거대한 천연 한증막 속에서, 우리는 개운함 대신 찝찝함을 느끼며 의도하지 않은 사우나를 하고 말았던 기억도 난다.

8월의 끝자락도 며칠간 이어지는 비 소식으로 한 주를 시작했다. 시원함은 느껴지지 않고 오직 지긋지긋한 습기만 선사했던 2010년의 여름비, 하지만 어제오늘 내린 비는 뭔가 달랐다. 그래, 무더운 습기가 올라오는 대신, 빗줄기에 시원해진 공기와 기분 좋게 식어버린 땅을 오랜만에 느낄 수 있었다. 지난주에 더위를 먹어버린 탓에 못 먹을 것을 먹어버린 것처럼 고생한지라, 이번 비는 마치 몇 번의 기우제를 지낸 끝에야 맞이한 단비마냥 얼마나 반갑던지……

따지고 보면 비도 다 같은 비가 아니다. 비가 내리는 원인에도 여러 가지가 있는데 그중에서 전선성 강우라는 게 있고 국지성 강우라는 것도 있다. 전선성 강우라는 것은 이른바 장마전선 때문에 내리는 비인데, 찬 공기 덩어리가 관련되니 당연히 비가 내리고 나면 기온이 낮아져 시원한 느낌을 받을 수 있다.

반면에 대류성 강우라는 것은 한여름 열기가 수증기를 너무 많이 증발시켜 결과적으로는 증발한 물방울이 비가 되어 내리는 것이다. 이런 비는 원체 더워서 내리는 것이니 장맛비처럼 시원한 맛을 내기는 아무래도 쉽지 않다.

물론 전문적인 자료를 바탕으로 한 분석이나 연구가 아니라 그야말로 내 개인적인 상상이요 판단일 뿐이지만, 올여름은 작년과 다르게 장마전선은 우리나라를 제대로 훑지 못하고 대신 뜨거운 날씨 탓에 생긴 비만 잔뜩 내리다 보니 비가 와도 시원하기는커녕 무더위만 더

해가고, 유난히 습한 날씨에 견디기 힘든 여름이 되지 않았나 하는 생각도 든다.

뜨거운 비 탓에 가뜩이나 체질적으로 견디기 힘들어하는 여름 한철을 더위까지 먹어 가면서 고생을 한 탓인지, 오랜만에 만나는 시원한 비는 학교를 졸업하고 처음 만나는 친구를 만나는 것처럼 반갑고, 또 반갑다. 몇십 미터 걸은 것 때문에 이마에서 땀방울이 흘러내리지 않아도 되는, 에어컨을 꺼 두어도 별다른 불쾌감이 느껴지지 않는 날이 정말 얼마 만인지……!

생각해 보면 많은 사람이 요즘 날씨는 이상하게 변해간다는 이야기를 주고받는다. 지구온난화니 기후변화니 하는 용어는 이제 어디서나 들을 수 있는 상식적인 이야기가 되었다. 요즘에는 정치권에서도 이런 문제에 관한 이야기를 구호로, 정책으로 만들어내고 있으니까.

그런 문제는 한 사람의 힘으로 해결될 수 있는 문제도 아니고, 어떤 의미에서는 그야말로 '역사적'이거나 '범인류적인' 과업일는지도 모른다. 하지만 기후변화니 온난화니 하는 문제에 대한 진지한 고찰이나 심층적인 연구는 논외로 하더라도, 무더운 여름 조금이라도 덜

괴롭게 보내고 싶은 마음은 누구나 갖고 있을 것이다.

여름비 탓에 가뜩이나 힘든 날씨가 더 무더워져 버린 경험, 이런 경험은 올해에만 겪었던 유별난 기억으로 남기고 싶다. 이제는 비 그친 땅에서 올라오는 뜨거운 수증기 대신, 여름의 뜨거운 태양에 달궈진 공기와 대지를 시원하게 식히는 반가운 비를 맞이하고 싶다. 이열치열이라고는 하지만, 여름 하늘의 비만큼은 열이 아닌 시원함으로 맞이하고 싶다.

그래, 앞으로의 여름에는 더 뜨거운 비가 아닌, 시원한 비를 맞이하도록 노력해 보자!

– 계간 『지구문학』 제 52호(2010년 겨울) 발표작

확인하는 습관의 중요성

오늘은 비가 말 그대로 억수같이 내린다. 한여름의 주말 아침은 알람시계 대신, 어젯밤부터 대차게 쏟아내리던 빗소리에 눈을 뜨고 시작한다. 시계 알람 소리보다도 더 큰 소리로 내리는 7월 중순의 장맛비는, 주말에는 근처 시립 도서관에 들러 지금 하는 아동 도서 집필을 위한 자료나 찾아볼까 하던 계획조차 흐트러지게 할 듯한 걱정이 든다.

대학원에서 박사과정 공부를 하는 나는 학교 기숙사에서 살고 있다. 기숙사 생활이라는 말은, 식사하려면 기숙사를 나와 걸어서 10분 정도 거리에 있는 학교 식당에 가야 한다는 의미도 함께 포함하는 것이다. 이미 익숙해진 생활이지만, 오늘처럼 비가 억수같이 쏟아지는 날에는 그런 일상조차도 심히 부담스러운 일이 된다.

외출하기도 부담스러우리만치 많은 비가 내리는 날, 그것도 주말이랍시고 평소보다도 한참 늦게 일어나 아침 대신 '아·점'을 먹어야 하는 이런 날에는 배가 고파지면 숟가락도 젓가락도 아닌 전화기에 손이 간다. 왜냐? 오늘 같은 날 비 맞는 고생을 덜어줄 중국음식점이 있으니까.

사람 사는 곳은 다 똑같다고, 이런 생각을 하는 사람은 나뿐만은 아닌 것 같다. 그도 그럴 것이, 기숙사 휴게실에 가보면 나 같은 사람을 위한 배려인 듯 중국음식점, 피자가게, 치킨 체인점 등의 전단지를 가지런히 모아둔 파일철이 한 권 얹혀 있다. 나도 그 파일철 덕분에 오늘 같은 날 편리하게 식사를 한 경험이 있다.

'지하층에 있는 휴게실까지 일부러 내려가긴 왠지 귀찮은데…….'

마침 내 휴대전화에는 지난번 배달시켜 먹었던 전화번호가 저장되어 있었다. 맞겠지 하고 전화를 걸어보니, 대번에 중국음식점 특유의 안내 멘트가 들려온다. 옳거니 하고 전번에 시키려다 말았던 메뉴의 이름을 기다렸다는 듯 시켰다.

"거기 저, 세트메뉴 중에 깐쇼새우 있는 거 맞죠?"

"예, 세트8번 말이죠? 비가 오니 조금만 기다려 주세요."

요즘 중국음식점들이 그렇듯이 이제는 예전처럼 짜장면, 짬뽕, 탕수육 하는 형태로 단품 요리만 판매하는 게 아니라 두 가지 이상의 요리를 조합해서 파는 세트메뉴를 주문하는 게 가능하다.

더욱이 이곳은 자취생들이나 기숙사 거주자가 많은 대학가여서 그런지 두세 가지 요리를 조금씩 덜어서 1인분으로 판매하는 1인용 세트메뉴도 마련되어 있다. 지난번엔 그 덕분에 몇천 원 돈으로 좋아하는 고추잡채에 꽃빵까지 배불리 먹었으니 오늘같이 아침도 안 먹은 주말에는 굉장히 매력적으로 다가오는 일이다.

'전단지에는 5번까지밖에 없는 것 같던데, 잘못 봤나? 뭐, 내가 잘못 봤겠지.'

시간은 흐르고 종업원이 음식을 가지고 오는데 뭔가 이상하다. 지난번 시켜 먹었던 것에 비해서 그릇이 너무 크다. 설마 하고 음식값으로 만원짜리 지폐를 건네주고 거스름돈을 받으려는 내 귓가에 들리는 종업원의 목소리.

"아니, 왜 만 원밖에 안 주세요?"

"예, 팔천 원 아닌가요?

"세트 8번은 삼만오천 원인데⋯⋯."

아뿔싸! 실수로 '1인용'이라는 말을 빠트린 탓에 원래 시키려던 1인용 세트메뉴가 아닌 여럿이서 술안주로 먹을 법한 중국요리 세트메뉴를 시켜 버렸다. 어쩐지 세트 번호도 이상하고, 그릇도 너무 크다

싶더니…….

말 한 마디로 천 냥 빚도 갚는다더니, 나는 '1인용' 이라든지 '혼자서 먹는다' 라는 식으로 확인만 한 번 했으면 괜찮았을 일을 그야말로 말실수 탓에 대학원생에게는 부담스러울 몇만 원의 돈을 날려 버린 것이다. 이미 내 입으로 '세트 8번' 이라 내뱉은 이상 종업원에게 뭐라 할 수도 없고…….

빗물에 씻겨가듯 날아가 버린 내 돈은 아깝지만 평소에 맛보고 싶어 하던 새우요리, 이참에 원 없이 먹어 두자고 스스로를 위안하며, 식사라도 즐겁게 하자고 스스로를 다잡으며 점심 식사를 무사히(?) 마쳤다.

사람들과 이야기를 나누고 의사소통을 하다 보면, 사소한 잡담에서 중대한 의사결정에 이르기까지 내 이야기가 상대방에게는 본래 의도했던 것과는 다르게 전달되는 경우가 참 많다. 그 탓에 가까운 사람들과 얼굴을 붉히거나, 때로는 돌이킬 수 없는 낭패를 보게 되는 일들이 종종 있음은 나에게만 국한된 경험은 아닐 것이다.

그렇기 때문에 돌다리도 두드려 보고 건너라는 속담도 나왔을 테

고, 신중함과 침착함이 사람들에게 요구되는 덕목이 되는 게 아닐까
싶다.

중국요리는 어쨌든 맛있게 먹었으니, 한순간의 실수로 몇만 원을
날려버린 불쾌함은 장맛비에 씻겨버려야겠다. 하지만 매사에 확인하
는 습관을 기르는 것, 사소한 일이라도 한 번 더 확인하고 일을 매듭
짓는 습관만큼은 빗물에 씻겨버리듯 해서는 안 될 일이다.

음식값이야 오늘 친구 한 명 만난 셈 쳐도 될 일이지만, 세상에는 그
보다 더 중대하고 심각한 일들이 오늘 같은 단순한 실수 탓에 뒤틀려
버리는 경우도 적다고는 할 수 없을 테니까.

-『월간문학』 2010년 12월호 발표작

꼽등이

지금은 그렇지 않지만 어린 시절 우리 가정은 경제적으로 넉넉하다고 말하기 어려웠다. 그 까닭에 우리 가족은 내가 열 살 무렵 이른바 '내 집 마련'을 할 때까지 월세방을 옮겨 다니는 생활을 했었다.

유치원에 다니고 있을 무렵, 우리 가족은 당시만 하더라도 군 지역이었던 경상북도 상주읍내에 있던 단독주택 2층에서 김천시의 어느 단독주택 곁방으로 이사를 하게 되었다. 부친의 직장 문제로 이사를 하러 간 김천시의 집은 여전히 월세방이었다.

제법 큰 방 두 개에다 거실 역할을 하던 마루까지 있던 먼저 집과 달리 새로 이사 온 집은 작은 방 두 개에다 좁다란 재래식 부엌 하나뿐이었으니, 어른들 입장에서라면 직장 때문에 어쩔 수 없이 하게 된 이사였을지도 모른다.

하지만 아직 학교도 들어가지 않은 어린아이였던 나에게는 이제 드디어 군 지역이 아닌 시 지역에서 살게 되었다는 철모르는 자부심에다, 이사하면서 새로 장만한 전화기와 가스레인지, 컬러텔레비전이 그저 뿌듯하고 신기할 따름이었다.

무엇보다도 재래식 화장실 가기를 유난히 싫어하고 무서워했던 나에게, 양변기가 아닌 화변기이기는 했지만 수세식 화장실이 있었다는 사실은 정말이지 더할 나위 없는 기쁨을 안겨준 것이었다.

　새 집에 익숙해질 무렵, 나는 부엌에서 뭔가 신기한 것을 발견하게 되었다.

　이제까지 본 적 없던, 튼튼한 뒷다리와 가늘고 기다란 더듬이, 그리고 둥글둥글한 황갈색 몸통을 가진 신기한 곤충, 나와 동생은 분명 그 곤충이 책에서나 보던 귀뚜라미라며 탄성을 올렸다.

　세상에, 새로 이사 온 집에는 귀뚜라미까지 볼 수 있다니! 어린 마음에 우리 집 부엌을 한 번씩 드나들던 그 곤충은 TV에서 광고하던 값비싼 변신합체로봇 장난감보다 더 재미있고 신기한 것이었다.

　밤이 드리우면 그 귀뚜라미가 왔나 안 왔나를 살피러 일부러 부엌에 드나들기도 했고, 멋모르고 뒷다리를 잡았다가는 잡힌 다리만 떼고 도망가는 녀석에게 다리 붙여 준다고 본드를 한 손에 들고 외다리가 된 녀석을 찾아다니던 기억도 새록새록 살아난다.

　그렇게 만들어간 '귀뚜라미' 와의 추억은, 내가 초등학교에 들어가던 이듬해 가을날 우리 가족이 인근에 있던 지은 지 오래된 아파트로 이사를 하면서 막을 내렸다. 그리고 어린 시절의 추억을 만들어준 그 귀뚜라미가 사실은 귀뚜라미가 아닌 '꼽둥이' 라는 이름을 가진 곤충이라는 사실을 알게 된 것도, 새로 이사를 하면서 부모님께서 사주신 책을 통해서였다.

꼽둥이의 추억이 서린 그 집을 떠난 지 20년도 더 지난 올여름, 신문 지상에는 한동안 잊고 있던, 그리고 예전에는 신문이나 방송에서는 자주 접하기도 어려웠던 곤충의 이름이 심심찮게 보인다. 아니, 심심 찮게 보이는 정도가 아니다.

인터넷 포털 사이트의 검색어 순위를 살펴보니 아주 1위에 올라 있다. 바로 내가 어린 시절을 보낸 김천시의 한 월셋집 부엌에서 만나곤 했던 그 꼽둥이다.

'꼽둥이' 도 아닌 '꼽등이' 로 보도되는 내용은, 유난히 습하고 무더웠던 올여름 날씨 때문에 꼽등이들이 아파트 단지에 난데없이 떼로 출몰한 탓에, 사람들이 적지 않은 피해를 보고 있다는 것이다.

보도된 기사를 읽어 보니 이 곤충은 원래 습한 곳을 매우 좋아하며 주로 쓰레기나 죽은 동물, 곤충 등을 먹고 사는데, 올여름의 유달리 습한 날씨 탓에 주택에 출몰하게 된 것이란다.

살충제를 뿌려도 잘 죽지 않는 데다 생활습성 탓에 비위생적이며, 더구나 곤충치고는 큰 몸집에다 흉측한 생김새 탓에 사람들을 몹시도 놀래킨단다. 이름하여 '괴물 귀뚜라미' 라나…….

어린 시절 귀뚜라미라 부르며 어린 나를 부엌에 들락거리게 했던 꼽등이, 그 꼽등이가 사실은 습하고 지저분한 곳에 서식하는 데다 요즘 들어서는 사람들을 놀래키고 피해를 주는 해충이 되었다는 사실은 그야말로 아이러니라고 불러야 할 일이 아닐까?

가을밤의 정취를 더해 주는 고운 노래 불러주는 귀뚜라미인 줄로만 알았더니, 알고 보니 무더위와 습기라는 피하고만 싶은 이상 기후를 알려주는 곤충이라니! 어쩌면 내가 어린 시절 한때를 꼽등이와 함께 보낸 것도, 사실은 어린 마음으로는 눈치채기 어려웠던 우리 집안의 넉넉지 못했던 살림살이를 반증하는 것일지도 모르겠다.

이제까지는 백과사전이나 곤충도감 같은 책이 아니면 접하기도 어려운 꼽등이에 대한 이야기가 신문에 기사화 되어 차례로 나오더니, 요즈음에는 아예 꼽등이송, 꼽등이 살리기 게임까지 나오고 있단다.

해충 범주에 속하지만 바퀴벌레, 파리 같은 것들과는 다르게 노래에
다 게임까지 나오는 것을 보니, 그런 벌레를 귀뚜라미라고 부르며 반
기던 어린 시절의 내 모습도 그다지 이상했던 것만은 아닌 것 같다.

월세방을 전전했던 어린 시절 우리 가족의 생활, 조금 연세 든 분들
이라면 공유할 보릿고개라든가 1950년대 전시 생활의 기억은 그다지
되돌리고 싶은 것도 아닐 것이고, 그런 생활로 되돌아가서는 더더욱
안 될 것이다.

하지만 어린 시절 월세방을 전전하던 생활을 한 것이 나에게는 고
통이 아닌 추억으로 남듯이, 보릿고개와 같이 못 살던 시절의 이야기
도 오늘날에 와서는 아름다운 추억으로 승화되는 경우 역시 심심치
않게 찾아볼 수 있다. 지금 생각해 보면 전혀 귀엽지도 귀여워할 만한
대상도 아닌 꼽등이를 귀뚜라미라 부르며 좋아했던 기억도 마찬가지
가 아닐까?

환경문제에 관한 화두를 심각하게 들먹이지 않더라도, 꼽등이가 아
파트와 가정집에 출몰하는 습하고 무더운 날씨를 좋아할 사람은 아무
도 없을 것이다. 그처럼 이상하게 습하고 무더운 날씨, 이른바 '기후

변화' 라는 것 역시 일어나지 않도록 노력하고 싶고, 또 노력해야 할 일이다.

　하지만 꼽등이 자체도 꼽등이가 날뛰게 되는 습기와 무더위도 전혀 반길 일이 못 된다는 사실은 차치하더라도, 그런 꼽등이를 귀뚜라미라 부르며 반기던 어린 시절의 추억만큼은 간직해 나가고 싶다.

– 격월간 『현대문예』 제60호(2011년 1 · 2월) 발표작

3부

노란 은행잎
4월에 핀 목련꽃
친절함에 담긴 배려와 진정성
디테일의 미학
나는 왜 아이키도(합기도; 合氣道)를 수련하는가?
작은 연못

노란 은행잎

청명한 하늘 아래를 걷노라면, 등줄기로 흐른 땀이 하늘빛에 어울리지 않는 끈적한 느낌이 되어 내 몸을 파고든다. 이마에 솟아난 땀을 닦으며 에어컨 전원을 켠다. 유달리 땀이 많고 더위를 심하게 타는지라, 에어컨을 켜고 나서도 한동안은 선풍기를 함께 돌려야 바깥에서 스며든 뜨거운 기운이 몸속에서 빠져나가는 것 같다. 삼복 한여름 이야기가 아니다.

추석을 쇠고 나니 가을 대신 지난여름이 다시 온 건지, 최고 기온이 30도를 웃돈다는 둥, 폭염주의보가 발효되었다는 둥 여름철에나 나올 법한 이야기들이 일기예보를 장식한다.

올해 2011년 여름은 유달리 비 소식이 잦고 날씨도 여름치고는 덥지도 않더니, 제철에는 힘도 제대로 못 써본 올여름 더위가 추석을 쇠고는 이제야 기운을 내는 게 아닌가 싶기도 하다.

무더운 여름 같은 초가을 거리를 걸으면, 이마에는 땀방울이 절로 맺힌다. 손수건을 꺼내 땀방울을 닦으며 도서관에 다녀오니, 늘상 지나치던 은행나무가 오늘은 뭔가 새롭게 다가온다.

단풍 소식은커녕 늦더위 소식만 들리는 올가을이건만, 은행나무는 분명 새롭다. 그래, 초록색이 아닌 노란 은행나무다.

"이렇게 가을 같지 않은 가을이지만, 자연에는 가을을 알아보는 눈이 있어. 우리는 날 더워서 지금이 가을인지 아닌지도 잊고 있지만, 은행나무는 늦더위에도 아랑곳하지 않고 잎사귀를 노랗게 물들이는구나!"

여름이 다시 오는 듯한 무더운 가을 날씨이지만 은행나무는 이 늦더위에도 자신의 소명을 잊지도 더위에 지치지도 않은 듯 가을 하늘 아래서만 볼 수 있는 노란 은행잎을 우리에게 선사해 주었다. 파란 가을 하늘조차 지상의 열기에 가려 푸르름을 제대로 드러내지 못하건만, 노란 은행잎은 때늦은 가을 더위 속에서도 가을의 소식을 샛노란 엽서처럼 전해 주는구나.

노랗게 물든 은행잎 덕분인지 주말을 보내자 여름이 다시 온 듯했던 늦더위는 언제 그랬냐는 듯 자취를 감추었다.

추석을 쇠고 나니 언제나 그랬듯이 드높은 가을 하늘 아래 청명한 가을바람이 불어온다.

아침저녁으로는 긴 소매 옷을 입지 않으면 서늘함이 온몸을 때리고, 이제는 저녁 식사를 마치면 어둑어둑한 기운이 드리운다. 그래, 이제는 정말로 가을인 게다. 늦더위의 훼방 속에서도 가을은 노란 은행잎과 더불어 우리에게 다가온 거다.

텔레비전 뉴스에서는 강원도 어딘가에서 기온이 영하권으로 떨어졌다는 소식이 들려오고, 거리에는 짧은 여름옷을 입은 사람들의 모습을 찾아보기 어렵다.

이러다 시간이 조금 더 흐르면 산도 나무도 울긋불긋한 자태를 자랑할 테고, 단풍놀이 다녀온 사람들은 올가을만의 또 다른 추억을 만들겠지. 노란 은행나무 네가 있었기에, 뒤늦게 찾아온 가을 무더위도 다가오는 가을에 자리를 양보했던 게 아닐는지…….

발코니에 나가 가을을 알렸던 노란 은행나무를 문득 살펴보니, 어느덧 은행나무의 모습이 예전 같지 않다. 노랗게 만개했던 은행잎은 하나둘 져 가고, 잔디밭 위에는 며칠 전 가을을 알렸던 그 노랗던 은행잎이 낙엽져 바람에 날린다. 울긋불긋 색색의 단풍잎이 가을의 백미라면, 바람에 날리는 낙엽 역시 가을이 아니면 즐길 수 없는 정취이자 낭만이겠지.

　　오늘 하늘도 참 높고 파랗다. 나무들은 색색의 전시회를 할 채비를 서두르고, 거리에는 바람이 들려주는 장단을 따라 낙엽이 춤을 춘다. 노랗게 인사했던 가을도, 이제 파랗게 무르익어 가겠구나!

－ 월간 『문학공간』 통권 265호(2011년 12월) 발표작

4월에 핀 목련꽃

'3월의 꽃', 꽃에다 이런 칭호를 붙여 줄 수 있다면 나는 주저 없이 목련꽃에다 이 이름을 선사하고 싶다. 목련이 3월에 핀다는 사실 정도야 꽃나무를 조금만 관심 있게 지켜본 이라면 누구나 수긍할 일이리라.

더욱이 3월에 생일을 맞는 나는, 어린 시절 우리 집 마당에 서 있던 한 그루 자목련 나무가 내 생일을 축하라도 하듯 탐스럽게 피어나던 모습을 아름다운 추억으로 간직하고 있다. 그랬던 나이기에, 3월의 목련은 5월의 장미보다 더 화사하게 다가오는 이름이다.

목련 나무와의 인연은 어린 시절에만 맺어온 게 아니었는지, 지금 내 연구실 창가에는 어린 시절을 함께했던 자목련보다도 몇 배 큰 백목련 나무가 서 있다. 3월의 달력에 눈이 익숙해질 무렵이면 어김없이 피어나 봄을 알리는 백목련, 눈부시게 하얀 목련꽃 구경은 화창한 낮보다도 캄캄한 밤이 오히려 제격이다.

어둠 속에서 하얗게 빛나는 목련꽃 앞에서는, 밤하늘에 뜬 보름달도 빛이 바랜다고나 할까. 연구실 창가에까지 꽃송이를 주렁주렁 매단 가지를 드리운 백목련 나무는, 밤이 되면 수십 개의 촛불마냥 연구실을 환하게 밝혀 주었다.

3월이 가고 벗나무와 철쭉이 분홍빛 꽃단장을 할 즈음이면 목련 나무는 화사한 흰옷을 벗고 연둣빛 새 옷으로 갈아입으니, 목련 나무는 3월의 꽃이면서 봄날을 앞장서서 맞이하는 선구자라고나 해야 할까?

올해는 3월이 다 가도록 목련꽃 소식이 없다. 아니, 꽃 소식은 들을래야 들을 수도 없고 대신 잠깐 동안 스쳐만 가야 할 반갑잖은 손님인 꽃샘추위 소식만 들려온다. 겨울은 저 멀리 북녘으로 떠났어야 할 법한 날이건만, 연일 최저기온 영하라는 상상하기 어려운 이야기가 일기예보란을 채운다.

봄은 오지 않을 작정인가? '이상기후'라든지, '기상이변' 같은 단어들이 뉴스며 일기예보의 화두가 된 것이야 딱히 새로운 것도 아니라고는 하지만, 3월이 다 가도록 꽃 소식과 봄바람 대신 '최저기온 영하'라는 이야기로 하루를 시작하는 마음속에는 마치 찬바람이 불어오는 것만 같았다.

유난히도 쌀쌀하게 맞이했던 4월의 달력도 하루하루 넘어가고 이제는 공휴일이 아닌 식목일을 여느 날과도 다름없이 보내고 나니, 산수유꽃과 동백꽃이 때늦게 꽃망울을 터트린다. 쌀쌀하다 못해 춥기까지 했던 3월도 가고, 올해는 길게도 끌던 겨울이 곧장 여름에 자리를 넘겨주느라 오지도 않을 것만 같던 봄날도 오기는 오는구나.

문득 창밖을 내다보니, 4월이면 이미 졌어야 할 목련 나뭇가지에 하얀 꽃망울이 송이송이 모습을 드러낸다. 이미 만개한 다음 연둣빛 새순에 자리를 양보했어야 할 하얀 목련꽃이 이제야 피어나다니, 참으로 늦었지만 반가운 소식이구나! 반가운 꽃 소식에 창문을 열고 밖을 내다보니, 사람들의 옷차림도 눈에 띄게 가벼워진 것이 완연한 봄기운을 흩뿌리고 있었다.

날씨를 사람의 손으로 어떻게 할 수는 없다. 물론 요즘 흔히 들리는 말로는 사람들의 무분별한 개발이 날씨와 기후마저도 바꾼다고도 하고, 또 올해의 유난히 길었던 겨울이 실은 북극해가 더워진 탓에 찬 공기가 남쪽으로 과도하게 내려온 결과라는 이야기도 신문지상을 통해 접한 바 있다. 심지어 과학기술의 힘을 이용해 이른바 '온실가스'를 땅속에 가두어 두려는 계획이 진행 중이라고도 한다.

이런 무거운 이야기와는 별개로, 한 개인이 자기 원하는 대로 날씨를 바꾸거나 좌우할 수는 없을 것이다. 하지만 유난히 쌀쌀했던 아니 추웠던 올해의 이른 봄에는 꽃 소식을 유난히 손꼽아 기다렸던 것처럼, 적어도 날씨가 우리가 원하는 모습으로 나타났으면 하는 바람 정도 해 볼 자유는 얼마든지 있다고 해야 할 것이다. 아니, 자연계의 복잡한 논리는 차치하고라도 아름다운 날씨와 자연을 바랄 수 있는 것이야말로, 사람이 누려야 할 아름다운 권리가 아닐까?

꽤나 늦게 불어온 봄바람, 이미 졌어야 할 때 피기 시작한 백목련이지만, 따사롭고 아름다운 것에는 다를 것이 없다. 목련꽃이 지고 벚꽃과 철쭉꽃도 피어나 지면 여름이 올 텐데, 비록 봄은 쌀쌀한 바람에 가려 늦게 왔다지만 여름만큼은 덥기도 적당히 덥고 비도 올 만큼 오는 여름다운 여름이기를 고대해 본다.

3월이 아닌 4월이 다 되어서야 피어난 목련꽃을 보며, 계절다운 계절의 소중함을 새삼 떠올려 본다.

– 계간 『지구문학』 제58호(2012년 여름) 발표작

친절함에 담긴 배려와 진정성

며칠 전 다소 황당하면서도 불쾌한 일을 겪었다. 전화 통화를 하며 일어난 일이다. 이제 막 저녁식사를 하러 갈 참이었다. 전화기를 집어 들자 수화기 너머로 나긋나긋한 젊은 여성의 목소리가 들려왔다.

내가 이용 중인 이동통신사의 직원이라고 소개한 그 여성은 자사를 이용해 주어 감사하다는 인사와 함께 우수고객으로 선정되었으니 신형 스마트폰 모델로 보상교환을 해 주겠다는 이야기를 전했다. 나로서야 한 번 들어볼 만한 일이라 관심이 있다고 대답하자, 그 여직원은 잠시 후 팀장의 연락이 올 테니 그의 안내를 잘 들어보라며 친절하게 안내해 주었다.

여직원과의 통화가 끝나고 5분쯤 지났을까, 아까 착신된 번호와 똑같은 번호로 다시 전화가 걸려왔다. 이번에는 30대로 보이는, 자신을 통신사 팀장이라고 소개한 남자의 목소리다. 역시나 스마트폰 보상교환 이야기다. 세부적인 사항까지는 제대로 파악하기 어렵고 헷갈리기도 하는 장황한 안내이긴 했지만, 1년 반쯤 쓴 스마트폰을 좋은 조건으로 신형 스마트폰으로 교체해 준다는 요지의 이야기였다.

행여나 모를 텔레마케터의 억지나 과장 또는 현혹이 아닐까 싶어 팀장의 이야기를 조목조목 다시 물어보았더니 적어도 크게 손해 볼 이야기는 아니었다. 심지어 아직 몇 달 남아 있는, 지금 스마트폰 할부금을 보상해 준다는 조건까지 있었으니까. 물론 텔레마케터의 이야기를 그대로 믿어서야 곤란하지만, 나름 나쁘지 않은 조건인 데다 내가 이용 중인 국내 굴지의 통신사 팀장이라 소개했고 또 내 주변에도 그런 유형의 제도를 합리적으로 잘 활용하는 지인들이 적지 않은 터라 관심을 가져 보았다.

이참에 신형 스마트폰으로 갈아타 볼까 하는 생각을 하던 찰나, 한 가지 걱정이 떠올랐다. 사실 내년 말 정도 일본에 연수를 갈 계획이 있는데, 아직 확정된 것은 아니지만 외국에 장기간 머물게 되면 우리나라 이동통신사를 그대로 이용하기도 어렵고 기계를 바꾸지 않음만 못할 일이 벌어지는 게 아닌가 하는 생각이 들었다. 이 부분을 그 팀장에게 설명하니, 외국에서는 자기 회사의 서비스를 그대로 이용하기 어려우며 그렇다면 스마트폰을 외국에 있는 동안 사용하지 않거나 누군가에게 양도해야 한다는 답변을 해 주었다.

신형 스마트폰 욕심은 났지만 당장 1년도 채 못 쓰고 애물단지가 될

지도 모른다고 생각하니 고민에 빠졌다. 어차피 나 자신이 텔레마케팅을 그다지 신뢰하는 사람도 아니고 일본행은 개인적으로 굉장히 중요한 목표와도 관련된 일이라, 결국 그 팀장에게 이렇게 대답했다. 참고마운 제안이지만 외국행 관계로 좀 어려울 것 같다고.

말이 끝나자마자 뭔가 이상하다. 그 팀장이란 사람이 아무 말도 없이 그냥 전화를 끊어버리는 것이었다. 순간 꽤나 불쾌했다. 텔레마케터 관점에서야 물건 살 생각 없는 상대와 이야기할 필요도 없겠지만, 어쨌든 나는 고객이고 그는 서비스에 나서는 입장인데 그것도 '좋은 조건이긴 하지만 미안하게도' 라는 식으로 예의를 갖춘 거절에 기본적인 예의도 보이지 않고 일방적으로 전화를 끊어버렸으니 그 팀장이라는 사람의 수준을 알 만 했다.

글을 쓰고 있는 지금도, 통신사 홈페이지에 그들의 불친절함을 글로 써서 올려버릴 생각이 떠나지 않는다. 그리고 보면, '친절' 이라는 단어는 서비스의 핵심이라 해도 과언이 아닌데 이것이 잘 지켜지지 않는 것 같다.

특히나 필요할 때면 친절한 척하다가도 조금만 마음에 안 들거나 불리해지면 태도를 손바닥 뒤집듯 바꾸어 버리는 사람들을 보면, 그저 보이는 친절함이 아니라 당장 이익이 나지 않는 상황에서도 변함없이 묻어나는 진정성 있는 배려가 담긴 친절함이 제대로 된 친절이 아닌가 하는 생각이 든다.

며칠 전 점심을 먹으면서 일행 중 한 분이 음식을 제대로 담지 않고 절반 정도만 담긴 접시를 받은 적이 있는데, 주인에게 혹시 주문이 잘못된 게 아니냐며 조심스레 물어보자 죄송하다는 사과와 함께 나누어 드시라며 아예 그 메뉴를 하나 더 무료로 제공한 적이 있다. 식사하던 일행 모두가 그 음식점의 친절한 서비스를 칭찬하며 감사의 인사를 건넨 기억이 난다.

그러고 보니, 세 명이 맥줏집에 가서 맥주 한잔을 주문했다가 거절당하고 나서는 다시는 그 맥줏집에 가지 않았다는 이야기도 들은 바 있다. 많이 주문하든 적게 주문하든 똑같은 손님인데 당장 이익이 되지 않는다고 단골을 끊어버린 셈이다.

당장은 별 이익도 안 되는, 어찌 보면 손해처럼 여겨질지도 모를 주문이었지만, 그것까지도 친절히 배려해 주었다면 더 많은 단골을 모을지도 모를 일을 어찌 그렇게 놓치고 말았을까 싶다. 당장 실적이 안 된다고 불친절하게 전화를 끊었던 그 팀장도, 따지고 보면 자기 회사 이미지까지 망쳐 버린 셈이다.

'진심은 통한다' 라는 이야기가 있다. 어느 늦은 저녁에 있었던 사소한 일 덕택에 이것이 무슨 뜻인지 분명히 되새겨 본다.

- 계간 『지구문학』 제62호(2013년 여름) 발표작

디테일의 미학

결혼하고 나서는 '집밥'을 먹는 횟수가 눈에 띄게 늘었다. 원래 요리에 관심이 많은 편이라 혼자서 자취하던 시절부터 음식을 잘 만들어 먹기는 했지만, 가정을 꾸리고 나니 가족이 생겨 '혼밥'이 아닌 가족과 함께 하는 밥상을 차릴 수 있게 되다 보니 사 먹는 일은 크게 줄고 집에서 식사하는 일이 크게 늘었다.

가정을 차리다 보니 아무래도 돈 씀씀이에 신경을 더 많이 쓰게 된 점, 그리고 혼자 살 때와 다르게 다양한 조리기구와 도구들을 갖추게 된 것도 집밥을 해 먹는 횟수가 늘어나는 데 적지 않은 기여를 하였다.

우리 집에서 요리는 주로 내 담당이다. 나는 아내보다 요리에 관심이 더 많고 소질도 뛰어나다. 앞서 말한 이유 때문에 요리하는 즐거움도 훨씬 커지다 보니, 밥을 짓고 음식을 만들어 먹는 일도 즐겁다. 게다가 아침 식사는 된장국 한 그릇으로도 충분히 끝내는 아내와 달리 나는 식도락 기질도 굉장히 강하여 틈나는 대로 다양한 요리를 식탁에 올린다.

굴 소스로 풍미를 낸 고추잡채, 일본식 고기 감자조림인 니쿠쟈가,

폴란드식 스튜 요리인 구야쉬 등등, 어린 시절부터 요리책 탐독이라는 조금은 별난 취미를 가졌던 나는 결혼을 계기로 다양한 요리를 해본다는 소소한 희망을 이루지 않았나 싶다.

결혼 선물로 받은 오븐으로 스테이크를 만들어 보는 등, 다양한 종류의 요리를 해 보니 맛을 내는 일은 생각만큼 어렵지 않았다. 물론 여기서 '어렵지 않다' 라는 표현은 그야말로 한 끼 식사로 괜찮다는 것이지, 요리 경연대회에 나간다거나 유명 요리사들이 만든 요리에 비교할 만하다는 뜻은 아니다. 그렇지만 적어도 내가 먹기에 괜찮은 맛을 내기는 생각만큼은 어려운 일은 아니다.

하지만 나름 정성 들여 만든 요리임에도 불구하고, 막상 식탁에 올리면 뭔가 부족한 느낌을 지우기가 어렵다. 바로 디테일 차이다. 레시피를 참고하고 좋은 재료를 사용하고 나름 시행착오를 통해 얻은 노하우를 반영한다고는 하지만, 요리에 나타나는 디테일에서는 여전히 부족함이 보인다.

채 썰었다기보다는 작은 덩어리처럼 보이는 채소들이라든지 뭔가 가지런해 보이지 않는 요리의 가장자리 부분 등 맛을 내는 것이야 그

럭저럭 해내겠지만, 소소하고 세세한 부분까지 가지런하고 깔끔하게 정리해서 식탁에 올리기는 맛을 내는 것보다도 훨씬 어려운 일이다.

프랑스 요리계에서 명성이 있는 셰프 지인과 함께한 자리에서 문득 이 이야기를 꺼냈더니 그분이 바로 대답해 준다. 그러니까 우리 같은 사람들이 존재하는 거라고. 그러면서 이어진 답은 요리사로 성장하고 인정받기 위해서는 그런 디테일한 부분이 가장 중요하다는 것이었다. 그런 부분이 흠결 없이 제대로 되어야 비로소 셰프, 즉 제대로 된 요리사로 인정받을 수 있다는 것이었다. 그러면서 요리사 수업은 맛내는 작업 이전에 재료를 보기 좋게 세부적인 부분까지 깔끔하게 다듬는 데서 출발한다는 이야기도 이어졌다.

요리는 결국 맛있게 먹는 것이 핵심적인 목적이다. 어쩌면 모양이 좀 엉성하거나 채 썰어 놓은 채소가 큼직한 덩어리처럼 보이더라도 맛있게 먹을 수만 있다면 무엇이 상관이냐고 할 수도 있을 것이다. 마치 군 복무 시절 훈련장에서 끓여 먹던 라면이 굉장한 진수성찬으로 여겨지는 것처럼.

하지만 '맛있는 음식'을 넘어 수준 높은 요리로 거듭나려면, 요리의 모양을 가다듬는 소소하고 세세한 부분까지도 충분히 가다듬지 않으면 안 된다. 즉, 어떤 분야에서 전문적인 경지, 달인의 경지에 도달하려면 결국 사소해 보이는 디테일에까지 최선을 다하고 수준 높은 모습을 보여야 한다. 요즘 들어 유명 셰프들이 단순히 요리 잘하는 사람의 수준을 넘어 사람들에게 감동을 주고 심지어 삶의 방향을 조언해 주는 사람들로 존경까지 받는 데는 바로 이러한 이유가 있지 않을까 싶다.

요즘에는 달걀 요리를 해 먹을 때에도 프라이보다는 오믈렛을 만들어 먹는 경우가 많다. 처음에는 모양 잡기가 무척이나 힘들었는데, 요즘에는 반달 모양을 내는 일이 나름 익숙해져 간다.

연구자인 내가 혼신을 바쳐 디테일한 부분까지 충실하게 해야 할 부분은 음식 만들기보다는 본업인 연구와 가정을 꾸리는 일이겠지만, 요리하면서 디테일의 중요성, 그리고 디테일의 미학에 대해서도 다시 한 번 절감해 본다.

– 계간 『지구문학』 제79호(2017년 가을) 발표작

나는 왜 아이키도(合氣道)를 수련하는가?

아이키도(合氣道)에 입문한 지도 여러 해가 흘러갔습니다. 그만큼 아이키도는 제 생활의 일부가 된 것 같습니다. 대학에 갓 입학했을 무렵인 19년 전 학과 선배에게 아이키도는 제게 꼭 맞는 운동이니 반드시 수련해 보라는 강한 권유를 받으면서 '아이키도' 라는 이름을 처음 접했으니, 소개를 받고도 수련을 시작하기까지도 10년이 넘게 걸린 셈입니다.

이런저런 이유와 핑계거리로 인해 수련을 시작하기까지 많은 시간이 흘렀지만, 늦었다고 생각할 때가 가장 빠를 때라는 이야기를 떠올려 주듯 수련을 계속 이어왔고 그런 가운데 아이키도는 제 삶의 일부가 되었습니다.

돌이켜 보면 아이키도 수련을 지속하기가 쉬운 일만은 아니었습니다. 제 개인의 운동능력이 뛰어나지 못한 부분도 있었지만, 외부적인 요인은 그 이상이었던 것 같습니다. 전임 교수직을 얻지 못한 학자들

*이 글은 2018년 8월 20일에 필자가 대한합기도회 오승도장吾勝道場에서 아이키도(合氣道) 초단 승단을 위해 쓴 수련 소감문입니다. 무도 승단 소감을 넘어 필자의 삶에 결정적인 전환을 가져온 일을 담은 글이기에 이 책에 수록함을 밝힙니다.

이 우리 사회에서 겪는 어려움이라는 부분도 무시하기 어려웠고, 그 와중에 학자로서 연구에 몰입하고 국제 학술지에 논문을 싣는 등의 일에 전념하는 과정 또한 만만찮은 어려움이었습니다.

어떻게 해서 영동지방 소재 대학에 전임교원 자리를 얻기는 했지만, 학교에 주당 며칠씩 머무르다 보니 이 역시 수련 참여에는 어려움으로 작용합니다. 그렇지만 지난 몇 년간 저는 아이키도 수련의 끈을 놓지 않았고, 앞으로도 그런 마음은 변할 일이 없습니다.

아직 부족함이 많지만 수련을 계속해 가면서 이제 승단 심사에 추천을 받게 되었습니다. 이에 제가 앞서 말씀 드린 어려움이 있지만 왜 아이키도를 삶의 일부로 계속 수련해 왔고, 앞으로도 그러할 것인지에 대한 이야기를 말씀 드려 볼까 합니다.

아이키도 수련을 시작한 지 한 달 무렵이 지났을 때였습니다. 오전반 수련을 마치고, 오전반 회원분들과 함께 관장님을 모시고 점심식사를 하러 갔습니다. 당시만 하더라도 '뉴페이스' 였던 저는 식사 자리의 화제에 올랐고, 거기서 윤대현 관장님의 저에 대한 인물평이 올라왔습니다. 지금도 선명하게 기억하고 있는 그 이야기는 다음과 같습니다.

"이동민 씨는 사실 운동신경이 뛰어나다고는 농담으로라도 말하기 어렵다. 그러다 보니 남들이 1달이면 터득할 내용을 2~3달은 걸려야 제대로 익힐 것이다. 하지만 저 내성적인 성격과 인품은 굉장히 훌륭하다고 생각된다. ⋯⋯ 이런 점에서 공부를 제대로 하는 사람은 다른 것 같다. 우리 도장에는 운동능력이 부족하더라도 내성적이고 성실한 회원들이 늘었으면 한다."

사실 칭찬을 들으면 누구나 기분이 좋게 마련입니다. 하지만 저는 이 이야기 속에서 그 수준을 훨씬 뛰어넘는 충격을 받고야 말았습니다. 바로 '내성적인 성격'에 대한 칭찬을 들은 충격이었지요. 사실 저는 어린 시절부터 내성적이고 여성적인 성격을 갖고 있다는 이유로 무지막지한 구박을 받으며 살아온 경험이 있습니다. 이런 성장 과정이 제 삶에 얼마나 심각한 악영향을 주었을지는 굳이 상세하게 설명하지는 않겠습니다.

그리고 그로 인한 나쁜 영향은 성인이 되고 나서도 사라지지 않았습니다. 당연히 제 머릿속에는 '나의 내성적 성격=바로잡아야 할 나쁜 점'이라는 등식이 늘 자리해 있었습니다. 그리고 이 같은 일종의 콤플렉스를 아이키도 수련을 통해 하루아침에 극복할 수 있었습니다.

그날 이후 저는 관장님의 말씀을 새기고, 내성적인 내 모습은 전혀 나쁜 것이 아니라 소중한 모습이라는 자부심을 느끼고 그것에 맞게 행동하기 시작했습니다. 어쩌면 비슷한 이야기를 다른 분들에게서도 들었을지 모르겠습니다. 하지만 내성적인 성격에 대한 존중과 인정이 제 삶을 바꾸었던 중대한 까닭은, 바로 아이키도를 수련해 가면서 그런 인정을 받았기 때문이라고 확신합니다.

아이키도를 수련하면서 저 자신에 대한 저의 태도가 바뀌고, 더불어 주변 사람들의 저에 대한 평가도 눈에 띄게 달라지는 것을 저 자신이 확연히 느꼈기 때문입니다. 단순한 운동의 수준을 넘어 제 삶에 긍정적이고 발전적인 의미에서의 전환점을 준 계기, 그것이 바로 제게 있어 아이키도 수련의 진정한 의미였습니다. 이것이 바로 제가 아이키도 수련을 해 온, 그리고 앞으로도 계속해 나갈 이유입니다.

　아이키도는 화和, 만유애호의 정신에 토대하고 있다고 합니다. 무술이지만 상대를 꺾고 이기는 것이 아니라 상대를 존중하고 이해하는 정신, 그것이 아이키도의 진정한 의미이자 가치입니다. 그렇기 때문에 아이키도 수련은 저를 '내성적인 결점을 가진' 사람에서 '내성적이어서 좋은' 사람으로 바꾸어놓을 수 있었습니다.

　그런 점에서 저의 삶에 큰 전환점을 안겨주신 관장님과 여러 도반님들께 진심으로 감사드립니다. 앞으로도 계속해서 아이키도를 수련하는 삶을 이어가면서 만유애호의 정신을 실천해 가고자 합니다.

- 2018년 8월 집필

작은 연못

…… 깊은 산 작은 연못

어느 맑은 여름날 연못 속에 붕어 두 마리

서로 싸워 한 마리는 물 위에 떠오르고

그놈 살이 썩어 들어가 물도 따라 썩어 들어가

연못 속에선 아무것도 살 수 없게 되었죠.

위에 인용한 글은 가수 양희은이 부른 노래 '작은 연못'의 가사 일부이다. '공존'이라는 주제를 낭만적인 듯하면서도 알고 보면 섬뜩하기까지 한 노랫말로 부른 이 노래는 그 노랫말이 주는 의미 때문인지 발표된 지 40년이 훌쩍 지난 오늘날에도 널리 애청되고 있다.

작은 연못 이야기는 노랫말 속에만 존재하지는 않는 듯하다. 왜냐하면 최근에 이와 아주 비슷한 일을 겪었기 때문이다. 새 집으로 이사를 하면서 나는 작고 예쁜 어항 하나를 장만했다. 기존에 있던 열대어 어항이 너무 낡아서, 물때가 단단하게 박히는 것도 모자라 어항 한구석으로는 물이 새기 시작했기 때문이다.

하지만 깨끗하고 예쁜 어항에서 물고기가 잘 자랄 거라는 나의 소망은 며칠 안 가 깨어지고 말았다. 너무 낡아 관리도 안 한 어항의 탁한 물속에서도 잘 버티던 열대어들이, 새로 바뀐 깨끗한 어항에는 적응하지 못한 탓인지 며칠 버티지도 못하고 모두 죽고 말았다.

안타까운 마음을 추스르고, 물고기가 노니는 예쁜 어항을 다시금 만들겠노라며 수족관을 찾았다. 예전에도 열대어를 기르다 죽인 전적이 몇 번 있었던 터라 이번엔 열대어 대신 금붕어를 길러 볼까 하는 생각도 가지고 수족관 문을 열어 보니, 금붕어는 없고 여러 종류의 열대어들만 수족관 벽에 설치된 어항에서 헤엄치며 노닐고 있다.

수족관 주인에게 열대어를 몰살시킨 일을 상의하며 튼튼하고 잘 자라는 물고기는 없는지 고민을 털어놓자, 주인은 '시클리드'라는 종의 열대어를 소개한다. 열대어 중에서는 가장 튼튼하고 생명력이 강해서 어지간히 관리를 소홀히 하지 않는 이상 잘 버텨나갈 거란다. 지금까지 길러왔던 구피, 골든몰리 같은 열대어들은 번식은 잘하지만 수명이 짧은 데다 수온에도 민감해서 잘 죽는다는 부연설명도 함께.

시클리드 어항을 살펴보니 송사리보다 조금 큰 색색의 물고기들이 헤엄치는 모습이 매우 아름다웠다. 수족관 주인의 추천을 믿고 이번에는 시클리드를 길러 보기로 했다. 주황색 두 마리, 노란색 두 마리, 다람쥐 모양의 무늬가 있는 물고기 두 마리, 총 여섯 마리다.

새로 들여온 물고기들을 어항에 풀어놓으니 물속에서 보석이 움직이는 듯하였다. 틈만 나면 주황색 보석, 노란색 보석, 다람쥐 무늬 보석을 바라보는 나를 보는 내 아내는, 어항에 이토록 빠져 있는 모습이 재밌다며 나를 보고 미소짓곤 했다.

작은 어항의 평화롭고 예쁜 모습은 한 달을 채 넘기지 못했다. 물고기들끼리 서로 쫓고 쫓기고, 마치 영역싸움을 하는 모양새다. 스트레스를 못 이긴 탓인지, 다람쥐 무늬가 있던 몸집이 작은 두 마리는 결국 세상을 하직하고 말았다. 사람이라면 모를까, 물고기들의 싸움은 말릴 방도도 찾기 어렵다.

뭔가 잘못되는 건 아닌가 하는 생각에 인터넷으로 자료를 검색해 보니, 시클리드라는 종은 겉보기와는 달리 굉장히 호전적이고 영역성이 강하다는 사실을 확인할 수 있었다. 워낙 호전적이고 공격성이 강한 탓에 다른 종의 열대어와 함께 기르기란 사실상 불가능하다는 이야기, 시클리드를 여러 마리 기르다 가장 덩치가 크고 힘이 센 한 마리만 남고 모두 그 한 마리에게 시달리다 못해 죽어버린 이야기 등도 함께 확인할 수 있었다.

아뿔싸, 하는 생각이 머리를 스쳐 갔지만 그렇다고 어항 속 물고기들을 어찌할 수도 없는 일. 인터넷을 찾아보니 시클리드들은 서열이 한 번 잡히고 나면 싸움을 멈춘다는 이야기도 확인할 수 있었다.

몇 마리 시클리드들이 헤엄칠 때는 수시로 어항에 눈길을 주었지만, 한 마리만 남은 다음에는 왠지 눈길이 잘 가지 않는다. '작은 연못'의 노랫말과는 달리 한 마리는 살아남았고, 물이 심하게 더럽혀지지는 않았지만, 어항에서 예전과 같은 생명력을 느끼기는 어렵다. 그러다 보니 먹이만 제때 줄 뿐 관리도 예전 같지 않다.

때로는 물줄 시기, 청소해줄 시기를 조금씩 놓치기도 하지만, 잘 죽지 않고 적응력 강하다는 이야기는 빈말이 아닌지 마지막 남은 시클리드는 몇 달째 잘만 살고 있다. 따지고 보면 넓은 물속에서 자기 영역을 지키며 살아가야 할 물고기들을 사람들이 그저 예쁘다고 어항 속에서 살아가도록 만들었으니, 시클리드 물고기 처지에서는 단지 자기들 본성에 충실했을지도 모른다.

한 마리의 물고기만 남은 모양새가 사람 관점에서야 안타깝고 외로워 보이겠지만, 물고기 습성에는 그게 맞을지도 모른다. 하지만 물고기 한 마리만 남은 어항에 눈길이 덜 가고, 애정이 식어가는 것은 어쩔 수가 없다. 그렇게 자기들끼리 물어뜯지 않고 함께 공존했으면 얼마나 좋았을까? 우선 싸움 끝에 죽는 물고기가 나오지 않았을 터이고, 내가 그만큼 많이 신경 써 주고 먹이도 잘 주었을 테니 더더욱 좋았을 법도 하다.

남아 있는 한 마리의 물고기도 생명인지라 어찌 되었든 명줄이 다 할 날까지는 키워야 할 일이고, 그 사이에 어항에 물고기를 더 넣을 엄두는 나지 않는다. 아쉬운 마음으로 어항을 바라보는 나를 본 아내는, 지금 있는 물고기가 명을 다 하고 나면 기르기 까다로운 열대어 대신 튼튼하고 서로 사이좋게 잘 지내는 금붕어 몇 마리를 기르자고 권한다.

영역싸움을 하며 약한 물고기를 죽이는 물고기가 아닌, 서로 사이좋게 지낼 줄 아는 물고기들이 아름답고 사랑스러운 어항을 만든다. 어항을 보면서, 인간 사회도 별반 다를 바 없지 않은가 하는 생각도

해 본다. 살기 좋은 사회는 소수의 강하고 잘난 사람들만 살아남는 사회가 아니라, 사회 구성원들이 공존할 수 있는 그런 사회가 아닌가 하고 말이다.

힘센 물고기 한 마리만 남은 어항에는 더는 관심도 애정도 가지 않는 것처럼. 여러 물고기가 사이좋게 어울리며 헤엄치는 어항에서 생명의 아름다움과 평화를 느끼듯, 나 자신부터 공존과 어울림의 아름다움을 떠올리며 경쟁보다도 공존이 앞서는 세상을 만들기 위해 노력할 일이 아닌가 싶다.

– 계간 『지구문학』 제83호(2018년 가을) 발표작

4부

카리브해에서 만난 경탄과 인연

    강사시절 출강한 대학에서 「아메리카 지리」라는 과목을 강의한 적이 있다. 과목명에 걸맞게 미국, 캐나다, 멕시코, 브라질, 아르헨티나등 아메리카대륙에 위치한 나라들을 주제로 해서 강의를 진행하였다. 내가 강의만 하는 방식이 아니라 학생들에게 조별로 주제발표를 하도록 하는 방식으로 진행하였다. 2015년 봄에도 「아메리카 지리」 강의를 진행하고 있었다.

    그해 5월 초순쯤이었으리라. 멕시코에 대한 강의를 한 날이었다. 이날 발표를 맡은 학생들의 발표 주제는 카리브해에 연한 멕시코의 휴양지 칸쿤(Cancun)이었다. 학생들은 칸쿤이 미국인들에게 매우 인기있는 신혼여행지일 뿐만 아니라 오늘날에는 우리나라의 신혼부부들에게도 신혼여행지로 주목받고 있다는 이야기를 하였다.

    신혼여행지에 대한 발표 내용이 인상적이었는지, 발표가 끝나고 나서도 칸쿤이라는 지명은 한참 동안 내 기억에 선명하게 머물렀다. 학

---

*이 글은 2015년 12월 13일부터 21일까지 멕시코 칸쿤으로 신혼여행을 다녀왔을 때의 기억을 정리해서 쓴 글입니다.

생들 덕분에 멕시코의 새로운 면모를 알게 되었다는 '발견의 즐거움'과 더불어.

발표가 끝나고 한 달이 채 지나지 않았을 무렵이었다. 마침 스승의 날 즈음이어서 화창한 5월의 주말에 박사과정 시절의 은사님과 식사 자리를 가졌다. 학위과정의 입학 동기이자 졸업 동기인, 심지어 나이조차 같은 여선생님과 함께 은사님을 모셨다. 오랜만의 담소를 마치고 여선생님과 함께 지하철역에서 인사를 나누려는 차, 늘상 공부 애기만 하던 그 여선생님이 예기치 않은 제안을 해 온다.

"선생님, 제가 아는 선생님 한 번 만나볼 생각 없나요?"

늘상 공부하는 이야기, 논문 쓰는 이야기만 해 오던 분이 그날엔 본인이 하는 프로젝트 때문에 알게 된 동료 여교사가 나와 좋은 인연이 될 것 같다며 예정에도 없던 중신을 서 온다. 아무런 예상도 기대도 하지 못한 터라 살짝 놀라기도 했지만, 믿을 수 있는 사람이 진지하게 이야기하는 데다 내 처지에서는 좋으면 좋았지 전혀 거부할 이유가 없는 일이라 흔쾌히 받아들였다.

한 시간쯤 지나서였을까? 집에 도착해서 숨 좀 돌리고 있자니 휴대

전화에서 메시지 수신음이 울린다. 상대방의 이름과 연락처를 담은 메시지다. 도대체 어떤 분이길래, 늘상 공부 얘기만 하던 사람이 저렇게 '중신'에 공을 들이나 하는 생각은 약간의 기대감으로 이어졌다. 그 선생님은 공부하는 안목만 뛰어난 분이 아니었던지, 그 해가 저물기를 며칠 앞두고 남의 일만 같았던 결혼을 할 수 있었다.

결혼하려면 준비할 것들이 여럿 있지만, 그중에서도 신혼여행 준비를 빠트릴 수는 없을 것이다. 신혼여행을 어디로 다녀올 것인지 머리를 맞대고 이야기하는데, 익숙한 지명이 들렸다. 몇 달 전 수업 시간에 학생들을 통해서 알게 된 바로 그 신혼여행지, 칸쿤이었다. 그때 내 눈길을 끌었던 카리브해의 신혼여행 명소가 우리 부부의 신혼여행지로 결정될 줄이야.

결혼식을 마치고 칸쿤의 호텔에 도착한 시간은 한밤중이었다. 호텔에는 바다 방향으로 큰 창이 나 있었다. 검은 밤바다에서는 파도가 부딪히는 거품이 별빛을 받은 듯 하얗게 빛났다. 미국에서의 경유를 포함한 오랜 비행시간에 지쳐서였을까? 시원하게 들리는 밤바다의 파도소리도 큰 감흥을 주지는 못했다. 그저 우리나라에서도 여러 번 가

보았던 밤바다와 큰 차이가 없겠거니 하는 생각을 하며 짐을 풀고는
바로 잠자리에 들었다.

이튿날 아침, 카리브해의 햇살은 듣던 대로 밝고 따사로웠나 보다.
넓은 유리창으로 햇살이 빈틈없이 들어오니 절로 눈이 열렸다. 햇살
가득한 창을 열고 발코니로 나가 보니, 내 눈 앞에 펼쳐지는 정경이
믿기지 않는다. 어젯밤에 본 밤바다는 그저 평범한 밤바다일 뿐이었
는데, 파란 하늘에서 내리쬐는 햇살 아래의 카리브해는 파란색도 짙
푸른 색도 아닌 선명한 연둣빛이었다.

아니, 좀 더 정확히 말하자면 수평선 너머로 새파란 바닷물이 바닷
가로 밀려오면서 햇살을 한 모금 머금듯이 연둣빛으로 밝아지는 모습
이었다. '에메랄드빛 카리브해'라는 표현을 일상생활 속에서도 흔히
들을 수 있는데, 내 눈에는 에메랄드보다는 어릴 적 책에서 보았던 고
대 마야문명의 비취 마스크 빛깔과도 같은 느낌의 연둣빛이었다.

새파란 물빛과 연두색 물빛이 어우러진 카리브해의 정경이야 사진
을 통해서도 익숙하긴 했지만, 그 물빛이 사진사의 촬영기술이나 편
집기술이 아닌 실제의 빛깔이었을 줄이야. 아니, 사진으로도 편집기

술로도 담아내지 못했던 마치 비취를 녹여서 우려낸 듯한 그 물빛을 처음 본 순간은, 마치 박물관에서 고려청자를 처음 본 순간에야 교과서에서 귀에 못이 박히도록 들었던 '고려청자의 신비로운 푸르름' 이 무슨 뜻인지 실감할 수 있었던 중학생 시절의 경탄스러운 순간과도 같았다.

호텔을 나온 우리 부부는 카리브해에 몸을 담갔다. 호텔 주위에는 크고 작은 여러 개의 풀장이 보였다. 해변에서 일광욕하는 관광객보다 풀장의 벤치에서 일광욕하는 관광객들이 더 많았다. 바닷가 리조트에 풀장이 있는 뭔가 부조리해 보이기도 하는 모습을 뒤로한 채 카리브해에 몸을 담갔다. 투명해 보이는 물빛과는 달리 꽤나 깊다. 도착한 날 밤에 우리 부부에게 환영 인사를 건네듯 철썩이던 파도도 직접 대면하니 꽤나 힘차다.

30분쯤 물놀이를 하다 바다 밖으로 나오며, 우리 부부는 이구동성으로 왜 백사장 놔두고 풀장이 있는지 이해하겠다고 이야기했다. 비취처럼 아름다운 바다지만, 해수욕하기 적합한 바다는 아닌 듯했다. 괜찮다. 비취처럼 에메랄드처럼 연둣빛으로 빛나는 바다를 눈으로 보는 것만 해도 굉장한 사치다. 그리고 그런 바닷물에 들어가 보았다는 것도 그에 못지않은, 어쩌면 더 큰 사치일 터.

우리 부부는 신혼여행 일정을 보내며 칸쿤의 번화가도 거닐어 보고, 석회암 지형의 지하동굴 아래의 호수인 리오 세크레토(Rio Secreto: '비밀의 강'이라는 뜻), 그리고 칸쿤에서 조금 떨어진 '여인의 섬'이라고 알려진 이슬라 무하레스(Isla Mujeres) 섬에도 방문하였다. 낙조를 배경으로 저녁을 먹으러 간 멕시칸 레스토랑에서는 나초 요리를 시킨 뒤 나온 과카몰레 소스를 얹은 나초 과자를 보고 이게 대체 뭐냐며 당황해 하려는 찰나, 커다란 접시에 가득 담긴 푸짐한 토르티야 요리가 우리 부부를 흐뭇하게 했던 기억이 난다.

석회암 지하 동굴 아래로 물이 가득한 리오 세크레토에서도 카리브 해의 비취를 우려낸 듯한 그 물빛을 볼 수 있어 더욱 신기했다. 이곳에서 마야 종교체험을 하면서, 종교적으로 불쾌할 수 있는 여행자는 따라 할 필요가 없다며 양해를 구하던 현지인 가이드도 기억에 남는다. 무척이나 친절했던 '가브리엘'이라는 이름의 가이드와 찍은 사진을 여행사 SNS 페이지에 올리며 그를 칭찬하는 글을 덧붙였더니, 회사에서는 고맙다는 회신을 보냈었다.

이슬라 무하레스에서는 칸쿤 리조트에서 보지 못했던 현지인들의 삶을 볼 수 있었다. 분홍색, 살구색, 하늘색의 낮은 집들이 동화 속 마을을 그려내었고, 경치 좋은 지점마다 들어선 요트 정박장과 호텔은 칸쿤의 리조트와는 또 다른 낭만을 연출하였다.

하지만 여기서 제일 눈길을 끌었던 것은 다름 아닌 태권도장이었다. 골목마다 한두 개씩 들어선 태극기와 '태권도'라는 한글 간판을 내건 태권도장은, 태권도가 우리나라 국기國技를 넘어 저 멀리 멕시코에서 국기가 된 것이 아닌가 하는 생각도 들게 했다.

아름답고 낭만적인 카리브해, 순박한 멕시코인들의 친절함은 우리 부부에게 신혼여행의 추억을 아름답게 빚어 주었지만, 현지인들의 집집이 설치된 방범창과 철창문, 그리고 커다란 산탄총을 든 현금수송원의 모습에서는 그들의 삶에 묻어난 애환도 비쳤다.

이슬라 무하레스에서 만난 입담 좋은 가이드와는 결혼하고 1년여간은 SNS로 연락을 주고받았지만, 이제는 바쁜 일상 너머로 잊힌 듯도 하다. 이렇게 칸쿤 이곳저곳을 오가는 동안 비취를 녹여내고 우려낸 듯한 연둣빛 카리브해는 우리 부부를 언제나 바라보고 있었다.

신혼여행의 마지막 일정이다. 툴룸(Tullum)이라는 옛 마야문명의 유적지를 방문하는 날이다. 어제까지만 해도 맑다 못해 투명하기 그지없던 하늘에, 아침부터 구름이 가득하다. 버스를 타고 가다 보니 빗방울도 돋는다. 마야의 무역항이었다는 툴룸 유적의 바다를 보니 내가 알던 그 바다가 아니다. 그나마 중간중간에 구름이 조금씩 걷혀 주기는 했지만, 햇살이 가려진 카리브해는 그림 속의 바다라기보다는 현실의 바다였다.

카리브해의 그림 같은 비췻빛을 감상하지 못한 아쉬움은 마야의 석조건물 유적, 그리고 곳곳에 피어난 진홍색 꽃밭이 달래어 주었다. 숙소에 도착하니 구름은 더 진해지고, 비바람도 더 강해졌다. 창밖을 보니 비췻빛은 온데간데없이, 파도가 굉음을 내며 해변을 사정없이 때린다.

내 카리브해는 어디로 갔단 말인가!? 궂은 날 카리브해, 칸쿤에 왔다면 어쩔 뻔했을까? 마지막 날 하루만 날이 궂었다는 게 그래도 참으로 감사할 일이었다. 여행 내내 날씨가 흐리고 비가 왔었더라면 어쩔 뻔했을까?

벌써 3년이 조금 넘은 신혼여행을 돌이켜 보면, 인연이라는 말이 결코 허투루 있는 건 아니리라는 생각이 든다. 수업 시간에 우연찮게 들었던 칸쿤이라는 지명이 우리 부부의 신혼여행지가 되리라는 사실을, 그 수업 시간에는 생각조차 하지 못했다. 그 수업으로부터 불과 며칠 뒤에 지금의 아내를 만나 결혼에 이를 것이라는 생각은 더더욱 하지 못했다.

잠에서 깨어난 나를 경탄하게 했던, 비취를 녹여 우려낸 듯한 카리브해의 물빛에는 바로 이런 인연이 녹아들어 있었던 게 아닐까? 아내가 책처럼 만들어준 3권의 신혼여행 사진첩을 보면서 인연이 만들어준 소중한 추억에 새삼 잠겨 본다.

– 계간 『지구문학』 제85호(2019년 봄) 발표작

군시절 버킷리스트

'버킷리스트(bucket list)' 라는 단어가 있다. 원래 뜻은 '죽기 전에 꼭 해 보고 싶은 일을 적은 목록' 인데, 요즘에는 꼭 해 보고 싶은 일을 가리키는 말로도 널리 쓰인다. 좀 더 직설적인 '위시리스트(wish list)' 라는 단어도 자주 쓰이고, 또 우리말로 순화한 '소망 목록' 이라는 단어도 보인다.

새해를 맞이하면 마치 제야의 종소리처럼 버킷리스트 이야기가 세간으로 퍼져간다. 인터넷에서 '버킷리스트' 라는 키워드로 검색을 해 보니, 번지점프도 함께 검색된다. 나는 고소공포증을 타고난지라 번지점프는 엄두가 안 나지만, 번지점프가 소원인 사람도 꽤나 많은가 보다.

군 복무를 마친 한국 남성이라면, 특히 훈련기관에서 버킷리스트를 아주 진지하게 써 내려간 경험이 있을 것이다. 모르긴 해도 여자친구와의 데이트 아니면 먹는 이야기로 채워졌으리라. 힘들고 고달픈 그 시절에는 먹거리 이야기가 역경을 이겨내는 힘을 준다.

세계 2차대전 당시 태평양 한가운데에서 표류하던 미군 조종사들이 음식 이야기로 배고픈 고통을 이겨내는 영화의 한 장면을 보니, 먹거리 버킷리스트는 동서고금을 막론하고 고난을 극복하게 해 주는 묘약인 듯싶다.

내 군 시절 버킷리스트에는 두 개의 지명이 적혀 있었다. 하나는 전남 장성의 백양사였다. 장성의 포병학교에서 육군 소위 신분으로 초군반 교육을 받던 시절, 동기생과 함께 전북 고창으로 주말 외박을 다녀오다 정차한 백양사역의 역명은 꽤나 인상 깊었다. 대개 절 이름으로 쓰이는, 절이 자리한 산 이름이나 불교 용어와는 거리가 멀었기 때문이었다. 며칠 뒤 설경이 아름다운 절이라는 이야기도 들었지만, 초군반 교육 수료 뒤에도 백양사에 가지는 못했다.

나머지 하나는 경기도 의정부의 망월사였다. 의정부 북쪽의 양주시에서 자대 생활을 시작하던 무렵, 망월사가 절경이라는 이야기를 부대 동료로부터 전해 들었다. 어느 주말에 의정부의 지하철 1호선 망월사역으로 향한 다음, 산책길 정도로 생각하고 천천히 걸어갔다.

그런데 한 시간이 다 되도록 절이 나타날 기미가 안 보인다. 망월사는 망월사역 근처에 있겠거니 하고 지도 한 장 없이 온 터라 더는 가기가 싫어진다. 망월사역까지 왔지만 망월사를 가지 못한 날이었다. 2

년 남짓 뒤 전역할 때까지 망월사역을 숱하게 지나쳤지만, 망월사는 가보지 못했다.

이 두 곳은 군 전역 후 십수 년이 되도록 그대로 버킷리스트에 남아 있었다. 어쩌면 강단에서 강의하던 '한국지리' 과목의 교재에 망월사 사진이 수록되어 있어 그 기억이 오래도록 지속하였을지도 모른다.

이 두 버킷리스트는 '황금돼지의 해'라고도 알려진 2019년 새해에 채워졌다. 새해 첫 주말 일정을 고민하던 내 머릿속에, 십수 년 전 망월사역 주변만 둘러보았던 주말이 떠올랐다. 나는 망월사의 절경 이야기, 망월사는 못 가고 망월사역만 둘러보았던 아쉬움 등을 거론하며 아내에게 망월사행을 권했다.

군시절 기억과 달리 꽤 가파른 등산로를 두어 시간 올라가니 망월사가 보였다. 원도봉산의 기암괴석과 어우러진 가람을 바라보며, 에스파냐 여행 중 방문했던 몬세라트 수도원을 떠올렸다. 산악열차를 타고 한참을 올라갔던 암벽 위의 수도원은 눈 덮인 피레네산맥이 멀리 보이는 장관이었다.

우리 부부는 이런 곳이야말로 진짜 수도원이라고 이야기했는데 망월사도 딱 그런 인상이었다. 경치를 감상하던 내게 망월사 스님 한 분이 이곳은 새해 해맞이의 명소라며, 내년에는 꼭 망월사에서 해맞이를 보라고 덕담을 하신다. 하산길에 벤치에 앉아 과자를 꺼내 먹고 있으니 고양이 두 마리가 다가온다. 과자 부스러기를 몇 개 던져 주었더니, 다 먹고 나서는 야옹, 야옹 울면서 또 다가온다.

망월사에서 시주를 안 했으니, 고양이에게 시주한 셈이려나? 하산해서는 군시절의 단골 막국숫집에 가보니, 음식 맛도 식당 내부도 십수 년 전 그대로였지만 그 시절 고등학생쯤 되어 보였던 주인 부부의 딸은 없었다.

이어서 1월 하순에는 또 다른 버킷리스트, 백양사로 향했다. 거대한 흰 바위가 얹힌 백암산白巖山 자락의 가람을 가람 앞의 큰 연못이 반영하였다. 눈 소식 없던 겨울이라 눈꽃은 피지 않았지만, 흰 바위가 우뚝한 겨울 산의 모습도 나름의 매력을 발산하고 있었다. 백양사 앞 쌍계루를 통과하니, 흰 양의 모형 앞에 사찰명의 유래에 관한 이야기가 적혀 있다.

이곳의 고승에게 가르침을 받아 깨달음을 얻은 흰 양의 전설이 '백양사'의 유래란다. 경내에 모셔진 진신사리탑, 대웅전 안을 장식한 봉황과 용모양의 조각도 인상 깊었다. 절 구경을 마친 뒤 약사암이라는 암자로 향했다.

한 시간쯤 산길을 올라가 케이블카 정거장처럼 생긴 종무소 위의 약사암에 도착했다. 아래로는 산줄기 사이로 옹기종기 모인 백양사 가람이 눈에 들어온다. 아내는 백양사보다도 약사암이 진짜라며 감탄한다.

암자 옆에는 영천굴 약수를 꼭 드시고 가라는 안내판이 친절하게 세워져 있었고, 석굴처럼 꾸며놓은 영천굴 안에는 불상이 모셔져 있었다. 약수를 맛보려 바가지를 샘가에 가져가니, 겨울잠을 잊은 듯한 청개구리 한 마리가 인기척을 피해 물속을 급하게 헤엄쳐 달아난다.

백양사역을 지나치며 백양사에 한 번 가 봐야지 했던 때가 2005년 1월, 망월사를 가려다 망월사역 주변만 거닐었던 날이 그해 늦은 봄이었다. 군시절 버킷리스트에 기록된 이 두 곳을, 14년이나 지난 2019년의 정초에 드디어 가볼 수 있었다. 군 복무를 마친 지도 십 년이 더 흘렀지만, 한참 동안 기억 속에 남아 있던 소원을 연초에 두 개나 이룰

수 있었다.

　내년 요맘때는 망월사에서 새해를 맞고, 백양사에서 설경을 감상해야겠다. 망월사에 새해를 보러 오라고 권하던 그 스님과 새해 해맞이 자리에서 재회한다면 얼마나 반가울까! 아, 한 가지 더. 새 학기 '한국지리' 시간에는 내가 직접 망월사에서 찍은 사진도 수업 자료로 꼭 활용해야겠다.

－『월간문학』 제604호(2019년 6월) 발표작

아름답고 푸른 도나우를 추억,
그리고 추모하며

계절의 여왕이라는 5월이 막바지에 다다라 봄기운이 여름 내음에 자리를 내어줄 무렵, 스마트폰을 들어 인터넷 포털 사이트에 접속해 보니 빨간 글씨로 '속보'라는 글머리를 단 기사가 눈에 들어온다. 무슨 중대한 사건이기에 속보로 보도되는가 싶어 유심히 살펴보니 눈에 익은, 아니 추억이 서린 지명이 시선을 훔친다.

헝가리 부다페스트의 도나우강에서 여객선 사고가 났다는 기사였다. 아뿔싸 싶었다. 많은 사람이 불의의 사고로 인해 아까운 목숨을 잃었다는 슬픈 소식도 안타깝기 그지없었지만, 사고가 난 장소가 나에게는 잊히지 않을 아름다운 추억을 만들어준 장소였기 때문에 그 충격은 더욱 컸다.

텔레비전을 켜니 방송사의 특파원이 사고 현장에 나가서 사고 현황과 수습 과정에 대해 보도를 하고 있다. 안타까운 사고가 난 도나우강 현장에는, 역설적이게도 아름답기 그지없는 부다페스트의 야경이 여전히 불을 밝히고 있었다.

지난해 여름에 그토록 아름다웠던 부다페스트의 야경이, 오늘 뉴스 화면에서는 어찌도 저처럼 슬프고 안타깝기만 할까? 작년 여름의 추억이 잠긴 그 아름다운 도시의 야경이 비친 강물 위로 장대비가 오열의 눈물처럼 흩내리는 모습에 내 마음까지도 슬퍼졌다.

지난해인 2018년 8월, 우리 가족은 동유럽 여행을 하고 있었다. 체코에서 헝가리, 슬로베니아를 거쳐 오스트리아를 둘러보는 일정이었다. 체코에서는 중세 동유럽 도시의 경관이 그대로 살아있는 시가지에서 갖가지 볼거리를 둘러보고 체코 맥주도 맛보며, TV 프로그램으로 유명세를 치른 중세풍의 성곽마을도 방문하였다.

볼거리, 즐길 거리가 가득한 체코 여행이었지만 너무나 유명세를 치러서였는지 수많은 관광객의 인파에 치이기도 했고, 관광지의 지나치게 높은 물가—마지막 목적지였던, 1인당 GDP가 체코의 두 배에 육박하는 오스트리아보다 체감 물가가 비쌌다—도 우리를 힘들게 했었다.

그러다 체코 일정을 마치고 야간버스로 온 부다페스트는 분위기가 사뭇 달랐다. 체코 못지않게 중세 유럽풍의 경관이 잘 살아있으면서도 프라하의 복잡함 대신 여유로움이 느껴졌기 때문이다. 부다 왕궁에 올라선 도나우강은 탁 트인 시원함을 맛보게 해 주었고, 옛 오스트리아—헝가리제국에서 황제 다음가는 자리였던 헝가리 왕의 왕궁이었던 부다 왕궁의 장대하면서도 화려한 자태는 부다페스트에 잘 왔다는 보람을 느끼게 했다.

왕궁에서 내려다보는 부다페스트 시가의 정경에서는 성 이슈트반 성당과 헝가리 국회의사당의 웅장한 모습이 돋보였고, 도나우강을 가로질러 왕궁이 있는 부다 지구와 시가지가 펼쳐진 페스트 지구를 잇는 여러 개의 다리도 예술적인 멋을 더했다. 왕궁을 내려와 방문한 성 이슈트반 성당 안에는 황금으로 장식한 화려하기 그지없는 천정이 우리 가족을 맞이했고, 그곳으로부터 멀지 않은 곳에 자리 잡은 헝가리 국회의사당은 정부 청사라기보다는 예술 작품에 가까웠다.

해가 지면 어김없이 쏟아지던 장대비 때문에 프라하의 야경을 제대로 즐기지 못했던 우리에게 왕궁과 성당, 세체니 다리의 조명이 수놓은 부다페스트의 야경은 충분한 보상이었다. 숙소로 가던 버스 안에서 본 마차시 성당의 야경은 버스 안을 탄성의 도가니로 만들었다.

동유럽 여행을 마치고 나서도 부다페스트는 우리 가족들의 대화에서 이야기꽃으로 피어났다. 세체니 다리를 비롯한 예술품 같은 다리가 걸쳐진 도나우강과 헝가리 왕국의 왕궁, 성 이슈트반 성당과 국회 의사당과 같은 예술적인 건축물들이 그려낸 부다페스트의 정경과 야경은 한 번 보고 잊을 만한 것이 결단코 아니었기 때문이었다.

부다페스트 시가에서 항상 눈길을 끌던 거대한 조형물이 인상적인 겔레르트 언덕에 올라가려다 더운 날씨 탓에 멀리서 지켜보기만 하기로 했던 아쉬움 역시 부다페스트에 대한 그리움을 더해 주었다. 무엇보다도 여유롭게 동유럽의 아름다운 도시를 둘러보고 바라보았다는 사실, 그 여유로움이야말로 부다페스트를 잊을 수 없는 멋진 추억의 장소로 만들어주었다.

그러던 부다페스트에서 안타까운 사고가 일어났고 뉴스와 언론 지면에도 대대적으로 보도되었다는 사실은, 안타까움은 물론 놀랍기 그지없는 일이었다. 뉴스를 접하기 전까지만 하더라도 우리 가족은 종종 부다페스트를 주제로 이야기꽃을 피우곤 했었는데, 그러한 곳에서 그런 끔찍한 일이 벌어졌을 줄이야⋯⋯.

안타까운 일을 접한 뒤에도, 부다페스트와 도나우강에 대한 뉴스는 언론 지면을 이어갔다. 실종된 분들을 발견했다는 소식, 사고 수습을 위해 파견된 우리나라 잠수요원들의 인명 구조를 위한 진지하고 성실한 노력, 그리고 부다페스트 시민들의 추모 행렬 등의 기사들이 속속 보도되었다.

아름답고 푸른 도나우, 하지만 안타까운 일로 인해서 슬픈 비가 내렸고 슬픔과 애도가 흘렀다. 그래서인지 이제는 도나우의 여유와 아름다움을 찬미하기도 죄스러워지고 미안해진다. 이 글을 통해서 희생자분들의 명복을 빌어 본다.

– 계간『지구문학』제87호(2019년 가을) 발표작

눈치와 배려

건강문제로 한의원에 다닌 적이 있다. 늘상 금요일 오후 2시로 예약을 잡아두고 다녔는데, 어느 날은 오전 일정이 좀 빨리 마무리되어 1시 30분께 한의원 근처에 도착했다. 한의원 로비의 대기실은 마치 카페처럼 꾸며놓았기 때문에, 대기실에 앉아서 책 좀 읽고 커피도 한잔하며 기다릴 생각을 하며 한의원으로 향했다.

한의원은 바깥으로 큰 쇼윈도가 달려 있고 그 옆으로 출입구가 난 구조였다. 한의원에 가자면 자연히 대기실 내부의 모습이 눈에 들어올 수밖에 없는 구조다. 한의원으로 들어가자면 대기실에 앉아 있는 사람들의 모습도 보이고, 대기실에 앉아서 바깥 경치를 보는 것도 나름 운치가 있다.

그런데 1시 30분을 조금 넘겨 한의원에 도착한 그 날엔 대기실에 환자들 대신 간호사들이 모여 앉아 있었다. 테이블 위에 커피잔과 조각 케이크가 놓여 있는 걸 보니, 업무 보느라 모여 앉아 있는 모양새는 아닌 듯했다. 간호사들이 담소를 나누는 모습은 멀리서 바라봐온 것도 아니고 한의원 쇼윈도 앞에서 우연히 마주치듯 눈에 들어온 데다, 쇼윈도 바로 옆에 출입구가 있으니 나는 그저 기계적으로 출입구를 향했다.

　문이 열리는 순간, 간호사들이 황급히 자리를 정리하고 자기 자리로 돌아갔다. 이들은 내 방문을 예상치도 못했던 듯, 테이블 위에는 조각 케이크를 담아왔을 법한 카페의 이름이 새겨진 종이가방이 곱게 놓여 있었다. 한데 모여 나누던 담소의 온기가 가득하던 대기실 공간은 테이블 위의 종이가방만 남긴 채 순식간에 쓸쓸함으로 채워진 듯했다.

　데스크에 앉아 업무를 보기 시작하는 간호사들의 모습에서는 조금 전에 내 시선에 우연찮게 들어온 여유 대신 업무를 보는 분주함이 느껴졌다. 나는 그저 예약시간―어찌 되었든 20~30분 먼저 들어오기는 했지만―에 한의원을 방문했을 뿐인데, 그날은 마치 조용해야 할 도서관에서 휴대전화 벨소리를 꺼 두지 않은 채 앉아 있다 갑자기 벨소리가 시원하게 울려 퍼질 때 느끼는 민망함까지 느껴졌다.

　한의원에 들어오면서 느꼈던 잠깐의 어색한 분위기는 데스크에 접수하면서 깨달을 수 있었다. 한의원의 점심시간이 오후 1시부터 2시까지란다. 별일 없으면 1시가 되기 전에 점심식사를 끝내는 내 시간관

념 속에서 1시 반이라는 시간은 점심시간을 비켜나 있었던 것이었다. 일정이 좀 빨리 끝나 이삼십 분 먼저 가도 괜찮으려니 했던 발걸음이, 바쁜 업무를 잠시 접고 담소를 즐기던 간호사들의 식후 티타임을 순식간에 파장시켜 버린 셈이었다.

막혀 있는 공간도 아니고 쇼윈도 너머로 보였던 간호사들이 담소를 나누던 모습을 조금만 깊이 생각하며 봤다면, 그리고 내가 한의원을 방문했던 시간이 대충 어떤 시간이었는지를 조금만 더 살폈더라면 그들이 즐기던 잠깐의 여유를 한순간에 깨뜨려 버리진 않았을 테니…. 어차피 점심시간이라 서둘러 들어갔다고 해서 진료를 빨리 받을 수 있는 상황도 아니었으니, 내게 득 될 일도 없이 그저 간호사들의 휴식과 담소만 방해해 버린 셈이었다.

그러고 보면, 작은 눈치와 배려야말로 살아가는 데 정말 필요한 일이 아닌가 싶다. 사실 거창한 일 때문에 감동을 준다면 그것은 그야말로 '위업'이라 불러야 할 것이고, 정말 심각한 일 때문에 남에게 불쾌감이나 피해를 준다면 그것은 단순히 남 기분 상하게 하는 일을 넘어선 부도덕한 일이나 범죄라고 보아야 할 것이다. 많은 사람이 이런 경험을 적지 않게 해 왔을 테고 나 역시 예외도 아니다.

어느 무더운 여름날, 운동을 마치고 집에 가는 길에 목이 말라 편의
점에 들러 탄산수를 샀다. 두 병을 사면 한 병을 더 얹어 주는 '2+1'
행사 상품이라 두 병 값을 내고 세 병을 받아들고는 한 병을 마시며
지하철에 탔다. 자리에 앉으려는 찰나, 낯익은 모습이 보인다. 좀 전
에 함께 운동했던 동료 회원이다. 집에 가는 지하철 노선이 나와 같다
고 듣기는 했는데, 그날 마침 지하철의 같은 칸에 탄 것이다.

옆자리로 옮겨 인사를 나누는데, 나 혼자 탄산수병을 손에 쥐고 있
으니 미안한 마음에 더 이상 마실 수가 없었다. 마침 가방 속에 탄산
수 두 병이 들어 있어, 그중 한 병을 꺼내어 그 회원에게 권했다. 더운
여름날 그러지 않아도 목이 말랐는데 잘 됐다며 고마워하던 그 회원
은, 며칠 뒤 다시 만났을 때도 그날 탄산수 굉장히 고마웠다며 입이
마르도록 감사를 전했다.

집에 와서 아내에게 그 이야기를 했더니, 무더운 여름에 운동까지
했으니 갈증이 심했을 텐데 탄산수가 얼마나 고마웠겠냐고 답했다.
사실 나는 무슨 대단한 배려심에서 그런 행동을 한 게 아니라 그저 나

혼자서만 탄산수를 마시기도 그렇고 마침 두 병을 더 갖고 있어서 그 중 한 병을 권했을 뿐인데, 그 회원에게는 그게 그렇게 감동을 주었나 보다.

사소한 배려가 다른 사람에게 감동을 주기도 하지만, 나 역시 상대 방의 작은 배려에 큰 감동을 받는다. 한 번은 출근길에 학과 동료 교수님께 전화가 걸려왔다. 이른 아침 시간이라 혹여나 무슨 중요한 일 일까 싶은 마음에 전화를 받으니, 학내에 카페가 새로 개업해서 커피를 사러 온 참에 내 것도 함께 사서 연구실로 갖다 주려고 하는데 어떤 커피를 주문하면 좋겠냐며 물어보는 전화였다.

학교에 도착하려면 한 시간 가까이 남은 터라, 연구실 문도 잠겨 있고 나중에 어떻게 받더라도 커피가 식거나 얼음이 모두 녹아버릴 것 같았다. 그래서 배려에 감사하지만 학교 도착까지 한참 남았으니 마음만 고맙게 받겠다고 답했다.

학교에 도착해서 그 교수님을 뵙고 아침 출근길에 교수님의 마음 씀 덕분에 많은 감동을 받았다고 인사를 하니, 본인 출근길에 커피를 사가는 김에 내 커피도 함께 사갈까 하는 생각으로 전화를 한 번 해

봤다며 새로 생긴 카페 커피맛이 좋으니 나중에 시간이 나면 한 번 가보라고 대답하셨다.

그 교수님으로서는 커피 사가는 길에 내 커피도 함께 사가면 좋지 않을까 하는 생각에 전화를 거셨지 않았나 싶기도 하지만, 그날의 커피 전화는 내 마음속에는 단순한 감사를 넘어서 글자 그대로 '감동'을 선명하게 새겼다.

생각해 보면 위대한 업적과 비장한 결단도 우리에게 많은 감동을 주지만, 그런 식의 감동을 일상생활에서 자주 받기는 쉬운 일이 아니다. 많은 사람에게 어마어마한 감동을 불러일으킬 만한 위업을 세운다거나 대단한 결의를 보이는 일을 해내는 것 또한 당연히 어렵다.

물론 그런 일을 폄하하거나 깎아내리는 것은 아니다. 하지만 우리 삶 속에서 사람들에게 감동을 주고 이를 통해서 사람과의 관계를 부드럽게, 깊게 만드는 일은 결국 작은 배려에서 출발하는 경우가 많다. 한의원에 갔을 때 조금만 눈치를 더 살폈더라면, 간호사들은 바쁜 일과 속에서 작은 여유를 즐기는 일을 방해받지는 않았을 것이다.

음료수 한 병, 커피 한 잔의 감동은 결국 내 주변 사람, 다른 사람 생각을 조금 더 하는 데서 비롯된 일이 아닐까 싶다. 실천에 옮기기가 결코 쉬운 일은 아니지만, 살아가면서 매사에 다른 사람을 배려하는 데도 조금의 노력을 더 기울일 필요가 있지 않겠나 싶다. 그것이야말로 작은 감동의 모임을 통해 우리의 삶을 더 풍요롭게 만들 수 있는 비결일 테니까.

– 계간 『지구문학』 제90호(2020년 여름) 발표작

Kamm 선생님을 추억하며

대학 신입생 시절이었으니 지금으로부터 21년 전 3월이었다. 신입생의 객기였는지 무슨 일로 학교 근처 술집에서 낮술을 마셨다. 해거름도 오기 전에 술에 거나하게 취한 채 저녁식사를 하러 가는데 교문 쪽에서 키가 큰 외국인 남자가 걸어온다. 술 취하면 용감해진다고 했던가.

나는 그 외국인에게 다가가 혀 꼬부라지는 소리로 'Hello!', 'How are you?' 등의 짤막한 영어 질문을 계속해서 해댔다. 그 외국인은 웃으며 받아주기는 했지만, 술냄새를 풍기며 혀 꼬부라진 영어 발음으로 횡설수설하며 걸어오는 이야기를 받아주는 게 난감했듯 싶다.

이튿날 학교에 갔더니 누군가가 날 부른다. 영어로 부르기에 돌아봤더니, 어제 만났던 그 외국인이다. 가벼운 민망함을 누르고 반갑게 인사했더니 어제 술 한잔한 것 같던데 귀가 잘했냐며 안부를 묻는다. 처음 보는 사람에게 횡설수설 영어 술주정을 한 사람을 그래도 좋게 기억해 준 셈이다.

이런저런 이야기를 해 보니 학교 원어민 교수였다. Greg C. Kamm 이라는 이름의 미국인이었다. 초면에 어설픈 영어 술주정을 해대었던 내가 인상적이었을까? Kamm 선생님은 학교에서 나를 마주칠 때마다 내 이름을 불러주며 안부를 묻고 이런저런 이야기를 해 주곤 했다. 영어 공부에 관심이 많았던 내게 원어민 교수와의 영어 대화는 고마운 기회였다.

교정에서 수시로 Kamm 선생님과 영어로 이런저런 이야기를 나누며 그에 대한 이런저런 이야기들도 들을 수 있었다. 취미생활 겸 운동으로 수영을 즐기며 아시아 문화에 관심이 꽤 많았다. 무엇보다 클래식 음악을 즐겨 듣는다는 점에서 대화가 무척이나 잘 통할 수밖에 없었다.

어느 정도 친분이 쌓이고 나서는 함께 식사하러 다닌 적도 꽤 있었다. 조금 이른 점심 무렵에 마주치면 점심 약속이 있냐고 물어 온다. 없다고 대답하면 본인과 식사하지 않겠냐는 제안을 해 온다. 이런 상황이면 대개 식사 함께할 친구를 구하지 못한 경우였기 때문에 무척이나 반가울 수밖에 없었다. 요즘에야 '혼밥', '혼술' 등의 풍조—개인적으로 그다지 반갑게 여겨지는 풍조는 아니다만—도 있다지만, 그때만 하더라도 대학생이 학교 식당이나 학교 근처 식당에서 혼자 식사하면 뭔가 이상한 사람 취급받던 분위기였다.

주로 가던 식당은 피렌체라는 파스타 식당이었다. Kamm 선생님이 스파게티를 맛있게 한다며 극찬을 하던 집이었는데 실제로 음식 맛이 상당했다. 무엇보다 음료가 무료로 제공되는 데다 리필까지 되는 게 정말 마음에 들었다. 여담이지만 Kamm 선생님은 한식은 그다지 즐기지 않았던 듯하다. 함께 식사하러 가본 적이 여러 번이었지만 피렌체 아니면 서양 음식점이었지 한식을 먹었던 기억은 없다.

한 번은 연구실에 찾아갔더니 클래식 CD가 매우 많았다. Kamm 선생님은 철학자 니체가 가곡 작곡도 했다는 사실을 아느냐고 물어보더니 내게 CD 한 장을 건넸다.

놀랍게도 CD 커버에 'Friedrich Nietzsche' 라는 이름이 적혀 있었다. 집에 가서 바로 들어보니 '신은 죽었다' 를 외치며 철학의 조류를 바꾸어놓은 과격하고 급진적인 철학자의 이미지와는 달리 조용하고 경건한 느낌을 주는 가곡이었다.

생각지도 못하게 철학자가 작곡한 가곡을 듣는 귀중한 경험을 해준 데 대한 대가로 나는 클라우디오 아바도가 지휘한 말러 2번 교향곡

CD를 빌려주며 들어보기를 권했다. Kamm 선생님은 아주 마음에 들었는지, 며칠 동안이나 아바도의 말러 2번 지휘가 훌륭했다며 입이 마르도록 칭찬했다.

그 일을 계기로 나는 Kamm 선생님과 클래식 음악 CD를 서로 바꿔 가며, 빌려 가며 음악 이야기를 나누었다. 수많은 CD를 빌려서 음악을 들었는데, 그중에서도 가장 인상적이었던 작품은 앞서 이야기한 니체의 가곡집, 그리고 바그너의 파르치팔 서곡이었다.

어리숙하지만 순수한 청년이 악마의 유혹을 물리치고 성창^{聖槍}을 되찾는 기사로 성장한다는 이야기를 표현한 이 곡은, 특히 한밤에 조용히 책을 읽거나 공부할 때 들으면 마치 성지^{聖地}에 온 듯한 경건함과 성스러움을 느끼게 해 주었다. Kamm 선생님 덕분에 지금도 나는 파르치팔 서곡을 즐겨 듣는다.

졸업하던 날 졸업식장에 와 있던 Kamm 선생님은 내게 다가와 축하 인사를 건네었다. 학사모를 쓴 채 Kamm 선생님과 찍은 사진은 사진첩에 고이 모셔져 있다. 십수 년 전 '싸이월드'라는 인터넷 마이크로 블로그 서비스가 유행했을 때 나는 그 사진을 싸이월드 사진첩에 올리며 Kamm 선생님과의 인연을 추억하기도 했다.

졸업 후에도 학교에 들를 때마다 반갑게 인사를 하고 가끔 식사하러 가기도 했던 Kamm 선생님과의 인연은 군 입대를 계기로 끊어지고 말았다. 학사장교로 군 생활을 했던 나는 초군반 교육을 합쳐 거의 8개월 가까운 훈련과 교육을 받았고, 그 사이에 Kamm 선생님은 한국을 떠났다.

물론 그 전에 이메일을 주고받은 적은 있었지만, 그 이메일 계정은 대학 계정이었기 때문에 학교를 이미 떠난 Kamm 선생님과의 연락 수단으로 쓸 수는 없었다. 요즘처럼 국경을 뛰어넘는 SNS도 없었기에 Kamm 선생님과의 연락은 요원한 일이었다. 앞서 언급한 싸이월드에 선생님과 찍은 졸업사진을 올린 이유도 그분을 그리는 마음 때문이었다. 그 포스팅에 '이제 Kamm 선생님은 한국에 없다' 라는 문구를 썼던 기억이 지금도 난다.

3년이 조금 넘는 군 생활을 마친 뒤 문득 Kamm 선생님 생각이 났다. 언뜻 들리기로는 아랍지역의 어느 나라로 갔다는 이야기도 있던데, 어떻게 지내는지 궁금하기도 했고 연락을 다시 해 보고 싶은 마음도 들었다. 해외에 있다고 하니 혹여 소식을 알 수도 있을 듯하여 구글로 검색을 해 보았다.

검색해 보니 인터넷 신문기사에 Greg Kamm이라는 이름이 뜬다. 반가운 마음에 무슨 내용일지 살펴보니 'died' 라는 단어가 붙어있다. 설마 하는 마음에 기사를 클릭해 보니 고인故人의 사진이 내가 아는 그 모습이다. 젊은 시절의 모습이었지만, 한눈에 봐도 내가 아는 그 모습이었다.

안타까운 마음에 기사를 읽으니 고인은 1970년대에 성소수자 인권운동을 주도한 인권운동가였으며 이후 라오스, 태국 등지에서 봉사활동을 하다 원어민 교수 생활을 해왔었음을 알 수 있었다. 그리고 마지막 근무지였던 사우디아라비아에서 지병 악화로 세상을 떠났다는 사실도 확인할 수 있었다. 지인들에게 무척이나 친절하고 자상했던, 그러면서도 인권 운동에 앞장섰던 고인의 삶은 내가 아는 Kamm 선생님의 모습과도 일치했었다.

며칠 전 인터넷을 검색해 보니 Kamm 선생님의 인터넷 추모 사이트를 확인할 수 있었다. 고인의 지인들이 최근에도 고인을 추모하는 글을 올려 두고 있었다. 학창 시절의 추억을 그리며 한국을 떠난 뒤 연락이 끊겼던 Kamm 선생님에게 추모글로 오랜만의 인사를 전했다.

Kamm 선생님은 십수 년 전 한국을 떠났고, 함께 식사하며 음악 이야기, 철학 이야기를 나누던 피렌체 식당도 문을 닫은 지 오래다. 오늘 밤엔 Kamm 선생님을 추억하며 파르치팔 서곡을 들어야겠다.

– 계간 『지구문학』 제92호(2020년 겨울) 발표작

비대면 수업

    2020년 3월, 대학가에서는 개강과 신입생 맞이로 분주할 평소의 분위기가 사라져 버렸다. 코로나-19 바이러스 때문이다. 예기치 못한 전염병의 대유행으로 인해 대학은 개강 시기를 두 주나 늦춰 3월 중순에야 개강했다. 게다가 개강을 했는데도 강의실은 물론 캠퍼스마저 텅 비어 있다. 개강과 동시에 '비대면'이라는, 예전에는 듣지도 보지도 못했던 수식어가 붙은 수업을 진행해야 했기 때문이다.

    나는 컴퓨터에 능숙한 데다, 강의 동영상과 강의실에서의 토론 및 실습을 결합하는 형태로 이루어지는 최신 수업 기법인 '거꾸로 수업(flipped learning)'도 활발하게 활용해 온 경험이 있다. 그런 내게도 모든 수업을 영상으로 진행하는 비대면 수업은 어색하기 그지없었다.

    학교에서 내려온 비대면 수업지침은 크게 두 가지 형태였다. 첫째는 화상회의 프로그램을 활용하여 화상회의 하듯 수업을 진행하는 비대면 실시간 방식이었고, 둘째는 교수자가 강의 동영상을 촬영 후 학습관리 시스템에 업로드하는 방식이었다.

    비대면 수업 진행을 위해 학생들에게 어떤 방식의 수업을 원하는지 SNS로 설문조사를 진행했다. 대부분 강의 동영상 업로드를 원했고,

나는 그에 따라 매시간 강의 영상을 촬영하여 올렸다. 그런데 강의 영상을 촬영하여 업로드를 거듭하면 거듭할수록, 수업에 대한 동력이 떨어짐은 물론 심신까지도 지쳐 갔다. 혼자서 강의 동영상만 촬영해 댄 탓이었다.

컴퓨터와 동영상 녹화에 비교적 능숙한 편이라 처음에는 큰 어려움 없이 강의 영상을 녹화해서 척척 올렸지만, 횟수가 거듭될수록 별다른 소통 없이 혼자서 영상 녹화하는 일이 얼마나 힘든가를 절감할 수 있었다. 마치 골방에 갇힌 채 혼자 벽 보고 이야기하는 느낌이랄까?

2학기가 되면 코로나-19 사태가 끝나고 예년과 같이 캠퍼스에서 개강하기를 간절히 바라는 내 마음과는 달리, 코로나-19 사태는 2학기가 되도록 끝날 기미를 보이지 않았다. 결국 내 간절한 바람에도 불구하고 2학기 수업도 비대면 수업을 진행해야만 했다.

개강을 보름여 앞두고 열린 교수회의에서는, 2학기 수업은 비대면 실시간 수업을 원칙으로 한다는 방침이 정해졌다. 학과 방침이 정해진 만큼, 1학기 때와 달리 수업 방식을 선택할 이유는 없어졌다. 학과의 다른 교수님들과 마찬가지로, 나 역시 비대면 실시간 수업을 위한 준비를 했다. 그리고 2학기 개강과 동시에, 1학기 때와 달리 수업 시간마다 화상회의 프로그램을 실행시켜 학생들과 화상회의 형태의 수업을 하기 시작했다.

그런데 똑같은 비대면 수업이지만 수업하는 느낌이 1학기 때와 다르다. 비록 화면에 비추어지는 모습이라고는 하지만, 어찌 되었든 학생들의 모습을 보며 눈을 맞추는 느낌이라도 받아가며 수업을 할 수 있다. 마이크를 통해서라지만, 학생들과 글이 아닌 말로 소통을 할 수도 있다. 직접 만나서 소통하는 것과는 당연히 다르지만, 어찌 되었든 '벽 보고 이야기하는 수업'이 아니라 학생들과 제한적으로나마 소통하고 교감할 수 있는 비대면 수업을 할 수 있다는 사실을 새삼스레 깨닫게 되었다.

사람들과 소통하고 대화를 나누는 것은 사실 지극히 일상적이고 상식적인 행위에 속한다. 수업하며 학생들과 교감하고, 질의응답을 하고, 대화를 나누는 일 역시 지극히 상식적인 차원에 속하는 일이다. 하지만 비대면 수업 때문에 학생들과의 소통이 없는 강의 영상 촬영을 해 본 경험, 그리고 제한적으로나마 학생들과 소통을 해 본 경험을 통해서 사람과의 소통이 얼마나 소중한 일인가를 새삼 깨달아 본다.

인간은 사회적 동물이라고 한다. 다른 사람들과 관계를 맺지 못하면 사람다운 삶을 살기 어렵다는 뜻으로 해석해도 좋으리라. 예전 같으면 너무나도 당연하게 여겼을 학생들과의 대면과 소통이 얼마나 소중한가를, 나아가 학생들의 존재가 교육자들에게 얼마나 중요한가를 비대면 수업을 통해서 새삼 절감해 본다.

코로나-19로 인해 2020년의 대학 신입생들은 신입생들이 누려야 할 캠퍼스의 낭만을 빼앗기고 말았다. 대학의 구성원이기에 이 부분은 누구보다도 절실하게 인지하고 있다. 어쩔 수 없는 일이라고는 하지만 대학의 구성원으로서 이 부분에 대해서는 특히 신입생들에게 안타까운 마음, 그리고 미안한 마음이 크다.

전염병이 조속히 극복되어 대학생들이 유예 당한 캠퍼스의 낭만을 제대로 누릴 수 있기를 고대해 본다. 그리고 나 또한 강단에서 학생들과 직접 만나 소통해 가며 진정 수업다운 수업, 소통하는 수업의 보람과 즐거움을 누릴 날을 손꼽아 기다려 본다.

– 격월간 『현대문예』 통권 114호(2021년 1 · 2월호) 발표작

5부

호미곶을 수놓은 화음

포항이라 하면 포스코, 호미곶 등을 떠올릴 사람들이 적지 않을 것이다. 호미곶은 해맞이 명소이기도 하고, '호미虎尾'라는 지명에서 알 수 있듯이 한반도 호랑이의 꼬리에 해당하는 위치로도 알려져 있다. 호미곶 앞의 떠오르는 해를 붙잡으려는 듯한 손모양 조형물은 호미곶의 상징이기도 하다. 하지만 내게 호미곶이라는 장소는 합주의 화음을 떠올리게 하는 장소이다.

약 20년 전 대학생 시절, 나는 호미곶에서 여러 날을 보냈다. 내가 속했던 관현악 동아리에서는 매년 여름방학 때마다 초등학교에 교육봉사활동을 갔었다. 학교에 4~5일 가량 머물면서 초등학생들에게 합주를 가르친 다음, 학부모들을 초청해서 연주회를 하는 일정이었다.

그해에는 동아리 지도교수님의 절친한 친구분이 교장으로 재직하셨던 포항 호미곶 근처의 초등학교로 봉사활동을 갔다. 동아리 회원들과 함께 며칠간 동숙하며 초등학생들을 지도할 생각을 하니, 봉사활동을 떠나기 며칠 전부터 기대감에 부푸는 한편으로 잘할 수 있을까 하는 걱정도 들었다.

봉사활동 당일, 임용고시 준비로 바쁜 와중에도 후배들을 격려한다고 버스에 올라온 4학년 선배를 '납치' 하다시피 모셔와 원래 계획보다 한 명 많은 인원이 동해초등학교로 출발했다. 학교 측과 학부모들이 마련해 준 현수막이 걸린 교문 아래로 교장선생님이 몸소 나오셔서 우리를 맞이해 주셨다.

짐을 풀고 잠시 쉰 다음 교장선생님이 친구분의 제자들을 버스로 안내하셨다. 손모양의 거대한 조형물이 우리를 향해 손을 흔들며 반갑게 인사하던 호미곶에 도착한 우리는 그 조형물을 향해 손을 흔들며 화답했다. 호미곶 공원에서 사진을 찍고 담소를 나눈 뒤 근처 횟집에서 저녁식사를 했다.

동해에서 갓 잡은 듯한 신선한 오징어 통찜이 입맛을 자극했고, 애주가이신 데다 동아리 회원들을 친자녀처럼 아끼셨던 지도교수님은 '밥 한 숟갈, 소주 한 잔'이라는 건배사로 분위기를 돋우셨다. 나는 밥 한 숟갈 먹을 동안 소주를 한 잔보다 더 많이 마셨었는지, 돌아오는 버스 안에서 참지 못할 정도로 소변이 마려웠다.

견디다 못해 창피함을 무릅쓰고 버스를 세워 놓고는, 사람들 눈에 띄지 않는 구석으로 달려가 급한 볼일을 해결했다. 급한 불이 꺼지니

창피함과 민망함이 몰려왔다. 고개를 푹 숙인 채 버스로 돌아오니, 동아리 동료들이 우렁찬 박수로 날 맞이하였다. 그날 밤의 술자리에서 이 에피소드가 맛난 술안주로 변신했음은 당연한 일이다.

이튿날부터는 본격적인 교육 봉사활동이 시작되었다. 학생들을 책상에 삼삼오오 앉힌 뒤, 조별로 실로폰, 리코더 등의 악기를 가르쳤다. 악보 자체는 초등학생 수준의 비교적 쉬운 내용이었지만, 아이들을 다루는 일은 역시나 쉽지만은 않았다. 물론 말 잘 듣고 얌전한 아이들도 있었지만, 대학생 선생님들을 어떻게 한 번 골려 먹어 볼까 하고 기회만 노리는 아이들도 있었다.

그중에서 가장 장난기 많아 보이던, 틈만 나면 나에게 여자친구 있냐는 식의 질문 공세를 해대던 여자아이는 봉사활동 후 며칠 지나 '3일 동안 똑같은 옷만 입던 선생님께' 라는 제목의 이메일을 보냈다. 그때 멋 부린다고 흰색 상의를 즐겨 입기는 했지만 매일 다른 옷으로 갈아입었지 한여름에 3일 동안 같은 옷만 입지는 않았었는데…….

그러던 중 하루는 교장선생님의 통 큰 배려로 오전 교육을 마치고 오후에 호미곶 근처의 해수욕장으로 아이들과 함께 물놀이를 다녀오기도 했다. 교육시간에는 짓궂은 농담을 걸어오기도 하던 아이들이었지만, 해수욕장에서는 그야말로 천진난만한 아이들이었다.

어느 선배와 물장난을 하다가 내 선글라스가 벗겨져 물속으로 흘러갔다. 찾는다고 찾아도 안 보여서, 놀다가 그런 거니 그냥 잊어버리자고 몇 번이나 이야기했는데도 그 선배는 미안함에 얼굴이 하얗게 질린 채 계속해서 내 선글라스만 찾아 헤맸다. 다행히 다른 누군가가 우연찮게 선글라스를 물속에서 건져 올렸다.

지금 생각해 보면 선글라스를 못 찾았더라면 그 선배는 미안한 마음에 얼마나 힘들어 했을까? 다들 즐겁게 물놀이를 하는데, 어느 남자 선배 한 명은 팔짱만 낀 채 해변 구석에 서 있기만 했다. 물에 들어가는 게 싫었을까? 아이들이 함께 따라온 선생님께 그 선배 혼자만 물에 안 들어가냐며 물어보자, 30대 후반에서 40대 초반 정도였던 그 여선생님은 "생리 중이라 그렇단다"라고 대답하셨다. 재치 있는 대답이었지만, 한편으로 그때였으니까 자연스럽게 받아들여질 수 있었지 않았을까 하는 생각도 든다.

돌이켜 보면 교장선생님의 배려가 남달랐던 게 아닐까 싶다. 교장

처지에서 당신 학교의 학생들까지 인솔해 해수욕장에 간다는 게 여간 부담스럽지 않았을 테니까. 그만큼 우리에 대한 믿음이 각별하셨고, 아이들에게 좋은 추억을 만들어 주겠다는 교육적인 열정도 크셨던 게 아닌가 하는 생각이 지금 와서 든다.

저녁마다 술과 안주를 사 들고 후배들을 찾아와 격려와 덕담을 해 주시던 졸업생 선배들과의 술자리와 담소도 즐거운 추억으로 남아 있다. 맥주와 소주를 나누며 들려주던 교직생활 이야기, 본인들의 학창 시절 동아리 활동과 교육 봉사활동을 하며 만들었던 추억담 등도 즐겁게 들었다.

어떤 선배는 본인들 대학 시절에는 밤새워 수업계획을 작성하고, 아이들 앞에서는 항상 정장차림으로 섰으니 선배들을 본받을 것을 목에 힘을 줘 가며 거듭 강조하였다. 정말로 밤새워 수업준비를 했는지는 확인할 길이 없으나 나중에 그 선배가 학창시절을 보냈던 시절의 사진첩을 보니 정장을 입고 봉사활동에 나선 선배는 한 분도 없었고 다들 한여름의 동아리 활동에 걸맞은 '편한' 옷차림이었다.

한 번은 교직경력이 꽤 되는 대선배님을 붙잡고 지난 학기 성적이

안 좋았다는 푸념을 했더니, 요즘 후배들은 이렇게 공부를 열심히 한다며 놀라던 기억도 난다. 그 와중에 교실 한쪽에 쌓아둔 빈 술병들을 몇몇 아이들이 보고는 저게 뭐냐며 물어보았는데, 순간 얼마나 민망하던지. 물론 그게 무슨 안 좋은 일로 비화한 것은 아니었지만 놀 땐 놀더라도 자기 주변 정리는 잘해야겠다 싶었다.

4박 5일간의 봉사활동을 마무리 짓던 날, 우리는 학교 강당에서 작은 연주회를 열었다. 3일간 교육을 한 보람이 있었는지, 리코더, 실로폰, 멜로디언 등으로 이루어진 연주회는 학부모 관객들의 환호와 박수를 받으며 성공적으로 끝났다. 아이들에게도 좋은 기억으로 남았었는지, 봉사활동을 마치고 한동안은 '3일 동안 같은 옷 입은 선생님' 이라는 메일을 보낸 짓궂은 그 아이 말고도 여러 아이가 이메일을 보내왔었다.

학교를 떠나기 전 찍은 단체사진은 지금도 액자에 꽂혀 장식장의 한 편을 장식하고 있다. 아직은 디지털카메라가 보편화하기 전이었던지라 필름 카메라로 찍었기에 특유의 약간은 빛바랜 느낌이 외려 아련한 추억을 더해 주는 듯하다.

호미곶에 작은 화음의 울림을 더했던 때가 거의 20년 전 일이다. 그 아이들도 이제는 20대를 지나 30줄에 접어들었겠지. '밥 한 숟갈, 소주 한 잔'으로 건배사를 하셨던 지도교수님도 퇴임하신 지 10년이나 지났고, 내 나이도 이제는 술과 안주를 사 들고 호미곶의 후배들을 찾던 그때 선배들의 나이보다 많다.

졸업하고 나서도 동아리 후배들을 잊지 않고 찾겠다던 다짐은, 연구자의 길을 걷기 위해 초등교단을 떠나면서 실천할 수 없는 다짐이 되어 버렸다. 동아리는 지금도 이어지고 있지만 봉사활동은 명맥이 끊긴 지 오래라고 들었다.

나중에 대학 강단에 선다면 동아리 지도교수님처럼 학생들과 격의 없이 술잔을 나누며 어울리는 교수가 되고 싶다던 다짐 역시, 한때의 꿈으로만 남아 버렸다. 20년 전에야 학생들과 술자리를 함께 교수님이 마치 아버지처럼 존경받았지만, 요즘에는 그렇게 하기가 극히 힘드니까.

SNS를 통해서 동아리 지도교수님은 여전히 건강하시고, 매년 1, 2회 정도 동아리 동창회 모임도 열리고 있다는 소식을 계속 접하고 있다. 하지만 나는 거리가 멀다는 이유로 동창회 모임에 나가지 못하고 있다.

　다음 동창회에는 바쁘더라도 시간을 내어 참석해야겠다. 오랜만에 교수님과 선후배님들에게 인사드리고 못다 한 이야기를 나누어야겠다. 그리고 친구분의 제자들을 위해 배려를 아끼지 않으셨던 교장선생님 안부도 전해 드리고, 건강을 기원해 보고 싶다.

– 『한글문학』 통권 21호(2021 봄 · 여름호) 발표작

기름때가 밴 하얀 손

운전하던 중에 갑자기 '펑!' 하는 큰 소리가 들린다. 고속도로나 대로 한가운데가 아니라 주차장 입구여서 그나마 다행이기는 했지만, 고막을 찢는 듯한 큰 소리에 놀라서 차문을 열고 차에 문제가 없는지, 설마 뭐가 잘못되기라도 하지는 않았을지 살폈다.

아니나 다를까, 타이어 하나가 폭탄처럼 터져 버렸다. 보험사에 전화해서 긴급출동 서비스를 받아보니 타이어 수명이 다해서 마찰을 이기지 못한 채 터져 버렸다는 진단이 나왔다. 타이어를 살펴보니 내가 봐도 민망할 정도로 타이어 마모가 심했다. 얼마나 오래 썼던지 타이어 표면의 무늬가 다 닳아 없어질 정도였다.

놀란 가슴을 추스르며 심하게 마모된 타이어 때문에 더 큰 사고가 나지 않은 걸 다행으로 여겼다. 긴급출동 서비스 기사는 타이어가 완전히 터졌기 때문에 타이어를 교체해야 한다고 했다. 사용 연한을 한참 넘겨 사용한 탓에 내가 보아도 마모가 심한 타이어를 모두 교체하기 위해 긴급출동 서비스 기사가 추천해 준 타이어 대리점으로 향했다.

타이어를 교체하려고 대리점 직원들과 이야기를 나누는데, 코로나-

19 팬데믹 때문에 다들 마스크를 쓰고 있었지만 언뜻 봐도 직원들 나이대가 굉장히 젊어 보였다. 빠르면 20대 중·후반, 아무리 많이 잡아도 30대 초반 정도로 보이는 젊고 앳되어 보이는 얼굴이었다. 게다가 다들 키도 훤칠하고 살결도 희어서 마스크를 벗으면 꽤 미남 청년들이겠지 하는 생각이 절로 들게 했다.

타이어도 종류가 여럿 있어서 어떤 타이어로 교체할까 싶어 직원들과 상담을 나누는데 엄지손가락 끝이 눈에 들어온다. 희다 못해 곱디고운 살결이 엄지손가락에 가서는 까맣게 번들거린다. 엄지손가락만 새카만 데다 번들번들 빛나기까지 하니 굳이 눈길을 주지 않아도 자연스레 그리로 시선이 간다.

생각해 보니 내가 온 곳은 타이어 대리점이다. 타이어를 정비하고 교체하는 게 직원들의 업무임은 당연한 일이다. 늘 자동차 타이어를 손보는 일을 하다 보니 아무리 손을 열심히 씻어도 엄지손가락에 반들반들한 기름때가 묻은 게 아닐까?

따지고 보면 당연한 일일지도 모르겠지만 타이어 대리점에서 우연히 본 직원들의 엄지손가락을 보니 그들이 하는 일이 이런 일이겠구나 하는 걸 새삼스레 깨달을 수 있었다.

고개를 살짝 돌려 보니 조금 전에 상담하며 본의 아니게 엄지손가락을 보여준 직원들이 내 차 밑으로 들어가 열심히 타이어를 교체하고 있다. 하얀 손의 엄지만 까맣게 물들였을 자동차의 기름 냄새가 대기실에 앉아 있는 내 코끝에도 진하게 전해지는 듯했다.

타이어 교체가 끝나니 직원이 다가와서 타이어 관리요령을 알려주고는 타이어를 주기적으로 점검하러 오라고 신신당부를 한다. 새로 산 타이어를 보니 홈과 무늬가 선명하게 파여 있다. 진작에 이런 타이어로 교체했어야 했는데 무늬가 다 닳아버린 타이어를 그대로 단 채 자동차를 운전했으니 얼마나 위험한 일이었던가. 새삼 나의 자동차에 대한 무지와 무심함에 반성이 들었다.

톨스토이의 소설 『바보 이반』에는 '손에 굳은살이 박이지 않은 자는 먹지도 말라'는 대목이 나온다. 내가 만난 타이어 대리점의 직원들은 뽀얀 손가락 끝에 굳은살이 박인 대신 기름때가 배어 있었다. 『바보 이반』의 나라에서 당당히 받아 줄 만한 성실함이리라.

마스크 벗은 모습을 보지는 못했지만 모르긴 해도 직원들은 상당한

미남이리라. 뽀얀 살결과 훤칠한 체격도 매력적이지만, 타이어 수리
와 정비에 최선을 다하는 삶을 보여주는 반들거리는 엄지손가락은 그
보다 더 큰 매력을 주지 않을까 싶다.

　연구와 글쓰기, 교육을 업으로 삼는 내 손에는 기름때가 배어 있지
않다. 손바닥에 운동하느라 생긴 굳은살은 조금 잡혀 있지만 노동의
흔적은 없다. 내 몸과 마음에는 어떠한 노동의 흔적, 성실함의 자취가
깃들어 있을까? 곰곰이 생각해 보고 찾아봐야겠다.

– 2021년 4월 집필

민들레창고

포병 장교로 군복무를 하던 2006년 무렵이었다. 마침 처녀작 수필 「서해에서」를 고민고민하며 막 탈고하던 무렵이기도 했고, 평소에 관심이 있던 문화예술 분야에 대한 갈증도 깊어 갔다. 사실 주말이나 휴가 기간이면 두세 달에 한 번씩 예술의 전당에서 열리는 음악회에 참석하기도 했지만, 그것만으로는 채워지지 않는 갈증이 있었다.

친하게 지내던 부대의 동료 간부 몇 사람과 한 번씩 맥줏집이나 영화관에 가기도 했지만, 그들과 예술 이야기를 나누는 데는 한계가 있었다. 나 혼자 가던 음악회 역시 누군가와 함께하지 못한다는 점에서 어딘가 부족함을 준다는 사실을 부인하기 어려웠다.

휴가를 앞둔 어느 날 나의 이런 갈증은 도져 갔다. 고민 끝에 몇 년 전 두세 번 술자리를 함께한 대구시향의 클라리넷 부수석 김 선생님이 떠올랐다. 친하게 지내던 어느 선배와 몇몇 후배들의 클라리넷 레슨 선생님이었는데, 나는 졸업하는 시점과 엇갈려 그분의 레슨을 받지는 못했고 그저 그 선배가 레슨 모임에 초대하기에 몇 번 자리를 함께 해 본 인연이었다.

혹시나 해서 싸이월드로 김 선생님의 이름을 검색해 보니 흔하지는 않은 이름을 가진 그분의 페이지가 바로 뜬다. 혹시라도 나를 기억할지, 이번 휴가 때 한 번 볼 수 있을지 하는 기대에 그분의 싸이월드 페이지에 안부 인사를 적었더니 흔쾌히 약속을 잡자는 답변을 해 주신다. 이때부터 나의 성지 순례는 시작되었다.

김 선생님과의 첫 만남 자리는 예술가들의 아지트로 알려진 대구 반월당의 어느 막걸리집이었다. 명성에 걸맞게 빵모자를 쓴 연세 지긋한 문인, 예술가들이 자리를 가득 메운 그곳에서 나는 자칫 스치다 잊히는 인연이 될 뻔한 김 선생님을 절친한 지인이자 형님으로 만들 수 있었다.

막걸리 사발을 들이키며 두서없이 내뱉던 나의 음악 이야기, 역사 이야기, 철학 이야기를 김 선생님은 굉장히 재미있어 하며 경청해 주었다. 취기가 제법 오를 무렵 김 선생님은 대구시향의 음악가들, 본인과 친하게 지내는 예술인들이 단골로 가는 아주 멋진 아지트가 있으니 함께 가보지 않겠느냐는 제안을 했다. 나는 호기심 반 기대 반으로 김 선생님의 제안을 흔쾌히 받아주었다.

김 선생님을 따라간 곳은 대봉동 골목의 어느 작은 술집이었다. 술집이라면 으레 붙어 있을 커다란 간판이 보이지 않아 이곳의 이름이 무엇이냐고 물어보니, 김 선생님은 민들레창고라고 답한다. 민들레창고라는 이름이 붙은 작은 간판이 술집 벽에 붙어 있음을 인지한 건 그날이 아니라 그 다음에 이곳을 방문했을 때였다.

김 선생님을 따라 민들레창고에 들어가 보니 뭔가 굉장한 개성이 느껴진다. 공사장의 케이블 감는 틀을 개조해 만든 테이블하며, 1980년대 학교 교실에서 쓰던 나무 의자, 오래된 카메라와 TV 수상기 등, 하나같이 인테리어 업체나 가게의 손길은 전혀 느껴지지 않고 사장님의 손길만이 확연하게 느껴지는 가구와 소품이다.

벽에는 지인인 듯한 화가가 그려준 그림도 여러 점 걸려 있었다. 메뉴판도 없었다. 사장님이 그날그날 만들어 주는 안주가 곧 메뉴였으니까. 상상 속에서나 그리던 그런 장소에 온 설렘에 술잔을 기울이며 민들레창고의 곳곳을 둘러보는데 김 선생님의 지인들이 들어온다.

합석해도 좋냐는 제안에 좋다고 답하며 이야기를 나누어 보니, 역시나 예술인들이었다. 꿈에 그리던 예술인과의 대화를 즐거이 이어가는데 음악소리가 예사롭지 않다. 식당이나 카페, 술집에서 흔히 들을

*벨라 챠오(Bella Ciao) : 19세기에 이탈리아에서 유행한 민요의 가락을 바탕으로 만들어진 노래로, 제2차 세계대전 당시 무솔리니의 파시즘 정권에 저항하는 저항군이 불렀다는 이야기가 널리 퍼지면서 노동운동이나 진보주의 사회운동 등에서도 자주 불리고 있다.

법한 음악소리와는 차원이 다르다. 잘 보니 오디오와 스피커가 예사롭지 않다. 최고급 오디오에서 울려 퍼지는 LP 음반의 소리는 이런 거구나, 하는 사실을 태어나서 처음으로 실감하는 순간이었다.

최고급 스피커에 감탄하며 나는 민들레창고 사장님께 애청곡인 벨라 챠오(Bella Ciao)*를 들을 수 있냐고 부탁했다. 살짝 무뚝뚝한 듯도 했던 사장님은 어쨌든 처음 보는 손님의 요구를 받아주었고, 김 선생님은 노래 제목을 수첩에 받아 적었다.

김 선생님과의 뜻 깊은 만남이 이루어진 지 여러 달이 지나서였다. 마침 일이 있어 아침 일찍 일어났는데 눈 뜨자마자 전화벨이 울렸다. 김 선생님이었다. 합주를 마치고 민들레창고에서 밤새도록 음악을 안주 삼아 술잔을 기울이다 내 생각이 났다며 걸어온 전화였다. 이야기를 들으니 그저 내 안부만을 묻는 전화가 아니었다.

김 선생님은 일전에 민들레창고에서 들은 벨라 챠오 이야기를 하며 세계 여러 나라의 가수와 성악가들이 각국의 언어로 부른 그 노래를 휴대전화 너머로 들려주셨다. 다음에 휴가 나오면 민들레창고에서 꼭 보자는 말과 함께.

그때부터 휴가를 나오면 김 선생님과는 꼭 약속을 잡았다. 말할 것도 없이 민들레창고에서 벨라 챠오를 틀어 놓은 채. 사장님은 말수가 많지 않았고 한 번씩 오는 내게 그다지 말을 많이 붙여 주지도 않았지만 그 어떤 장소에서도 찾을 수 없는 사장님만의 손길과 최고급 스피커에서 울려 퍼지는 음악소리를 들을 수 있는 민들레창고는 나만의 장소로 변모해 갔다.

김 선생님과의 음악 이야기, 역사 이야기, 문화 이야기도 즐거웠지만, 간혹 민들레창고를 통해 접할 수 있었던 김 선생님의 지인분들과 나눈 이야기도 매력적이었다. 지인분들은 대부분 그날그날 만난 인연이었지만, 김 선생님의 절친한 친구분이자 민들레창고 벽에 걸린 그림을 그려준 서양화가 김 화백님과의 인연은 꾸준히 이어져 오고 있다.

극작가 이 작가님과도 인상 깊은 만남을 몇 번 갖기는 했지만 그분이 외국으로 떠나는 통에 아쉽지만 인연이 깊이 이어지지는 못했다.

군 전역을 하고 난 뒤 한동안은 김 선생님의 사정으로 그분과의 약속을 잡지는 못했다. 그렇다고 민들레창고를 안 갈 수는 없었다. 친구

를 만날 일이 생기면 늘 아주 멋진 곳이 있다며 민들레창고로 끌고 가
곤 했었다. 한 번은 절친한 친구와 민들레창고에 갔더니 사장님이 음
악 취향이 남다르다며 한 마디 한다.

나와 민들레창고에서 만난 뒤 김 선생님이 민들레창고에서 수도 없
이 신청해 들었다는 벨라 챠오가 과거 서구 진보단체에서 널리 불렸
던 걸 가지고 하는 이야기다. 나는 말이 나온 김에 러시아의 알렉산드
로프 합창단이 부른 노래를 몇 곡 신청했다.

옛 소련군의 합창단에서 유래한 알렉산드로프 합창단은 야성적인
웅장함과 군가풍의 독특한 곡조, 그리고 군복을 입고 연주회에 서는
독특한 모습으로 이미 1940~50년대부터 세계적인 명성을 얻어 왔다.
그들의 군복 입은 모습과 독특한 곡조가 인상적이었는지 그날부터 나
는 민들레창고 사장님께 러시아 군가를 즐겨 듣는 손님으로 이미지가
박혀 버렸다.

그 뒤로 민들레창고에 갈 때마다 '이번엔 러시아 군가 안 듣나?' 하
고 묻는 사장님께 마치 불문율처럼 알렉산드로프 합창단이 부른 칼린
카(Калннка)*, 초원(Полюшко-поле)* 등과 같은 러시아 민요 가곡, 그

리고 그들이 부른 애니 로리 등의 가곡을 신청해 오고 있다.

김 선생님과는 군을 전역한 지 1년이나 지나서야 민들레창고에서 재회할 수 있었다. 화제는 단연 벨라 챠오와 알렉산드로프 합창단의 노래였다. 한 번은 비장한 가사와 곡조의 벨라 챠오가 실제로는 일하기는 싫은데 가족들을 먹여 살리느라 마지못해 일하러 가는 가장의 푸념을 담은 민요의 가락에 적당히 가사를 붙인 이야기를 들려주자 김 선생님과 민들레창고 사장님 모두 포복절도를 한다.

근처에 사셨던 김 화백님도 자주 자리를 함께했다. 음악가, 미술가 지인분들과 음악과 미술 이야기를 하는 일은 늘 즐거웠다. 음악과 미술을 좋아할 뿐 조예가 깊지 못한 나의 이야기를 그분들이 어떻게 받아들이셨을지는 모르겠지만, 돌이켜 생각해 봐도 적어도 못마땅해 하거나 재미없어 하지는 않았던 듯싶다.

민들레창고에서 오직 벨라 챠오, 그리고 알렉산드로프 합창단의 노래만 신청해 들은 건 아니었다. 한 번은 민들레창고의 스피커로 유씨 비욜링의 노래를 들은 적이 있었다. 예전에는 몰랐는데, 민들레창고를 통해서 왜 수많은 음악 애호가들이 오로지 비욜링을 최고의 테너

*누에바 칸시온 : 에스파냐어로 '새 노래' 라는 뜻이며, 여기서는 1960~70년대에 남미에서 유행했던 사회참여 성향이 강한 가수들의 노래를 일컫는다.

로 여기는가를 생생히 이해했던 순간도 기억난다.

그리스 가곡 「기차는 6시에 떠나네」의 작곡가로 널리 알려진 미키스 테오도라키스의 음악과 마리아 파란투리의 노래도 민들레창고에서 즐겨들었다. 그 덕분에 지금도 김 선생님은 나를 만나면 미키스 테오도라키스의 이야기를 하곤 한다.

한 번은 칠레의 누에바 칸시온(Nueva canción)*을 몇 곡 신청했더니 민들레창고 사장님과 김 선생님이 도대체 이런 노래는 어떻게 접하냐며 눈을 동그랗게 뜨고 질문하던 기억도 난다.

십여 년 전부터 대구를 떠나는 바람에 민들레창고는 한 해에 한두 번 가는 장소가 되었다. 하지만 군복무 시절 김 선생님과의 예술 이야기 이상으로 나를 강하게 붙잡았던 민들레창고여서인지, 민들레창고는 추억의 장소가 아니라 자주 가지는 못하지만 대구에 갈 일이 생기면 가장 먼저 찾아가는 그런 장소로 이어지고 있다.

이제는 대구시향의 수석이 된 김 선생님과 김 화백님과의 인연 역시 민들레창고가 이어주고 있다. 두 분과의 약속 잡기가 어려우면 혼자서라도 들르는 곳이 바로 민들레창고다. 대구의 도시개발로 인해 장소는 다른 곳으로 옮겼지만 실내장식은 십수 년 전 보았던 그 가구와 그림 그대로다. 아니, 그간의 시간을 머금어서인지 더 중후한 분위기를 풍긴다.

몇 년 전엔 아내와 함께 민들레창고에 방문한 적도 있었다. 술을 못하는 사람이지만 꼭 함께 가서 사장님께 인사도 드리고 싶었던지라 한참 전부터 민들레창고 이야기를 하며 동행을 권유했다. '네가 세상에 결혼을 다 하는구나!' 하는 인사로 우리 부부를 정겹게 맞아주던 사장님과 이런저런 이야기를 나누는데 전화벨이 울린다.

바쁜 일정 때문에 함께하지 못한다며 양해를 구했던 김 선생님이 일정이 바뀌었으니 우리 부부를 만나러 오겠다며 조금만 기다리라고 이야기한다. 잠시 후 들어온 김 선생님과 간만의 회포를 풀며 신혼생활 이야기를 신나게 주고받는데, 손님 한 무리가 들어온다. 고개를 돌려 보니 낯이 익은 얼굴이 보인다. 김 화백님에다 다시 만날 일이 있을까 싶었던 이 작가님까지 보인다. 뜻하지 않게 뵙고 싶던 예술가 지인분들과 반가운 만남을 갖고 신혼 소식까지 전해줄 수 있었다.

반가운 분들과의 만남에 새벽이 늦도록 술잔을 기울인 다음 날 아내는 민들레창고에서만 들을 수 있는 음악을 들으며 좋은 사람들과 민들레창고만이 가져다주는 분위기 속에서 뜻 깊은 대화를 나눌 수 있었다며 민들레창고 사장님과 김 선생님, 김 화백님, 이 작가님이 고마웠다고 이야기해 주었다.

코로나-19 팬데믹으로 인해 민들레창고를 마지막으로 방문한 지가 1년 반이 넘어간다. 다행스럽게도 힘든 와중이지만 가게를 이어간다고 한다. 여러 달 전에는 김 화백님이 고등어 초절임 안주를 곁들여 혼술 했다는 이야기를 SNS에 올리길래 '민들레창고에서 김 화백님, 김 선생님 모시고 고등어 초절임 안주 곁들여 술자리 갖고 싶습니다' 라는 댓글을 달았더니, 김 화백님은 '민들레창고 신봉이 신심에 이르렀네요' 라며 답한다.

모쪼록 코로나-19 팬데믹이 정리되어 '신심에 이르도록 신봉하는' 민들레창고에서 좋은 사람들과 멋진 음악과 예술 이야기를 안주 삼아 술잔을 기울이고 싶다.

– 2021년 8월 집필

3학년 4반

　군 전역을 앞둔 2007년 9월 하순의 어느 날이었다. 군 입대를 늦게 해서 그 무렵 말년 휴가를 나온 친구와 대구 동성로 근처에서 만났다. 그 친구는 완전히 삭발한 모습이었다. 곧 전역할 사람이 왜 이렇게 삭발을 했냐며 폭소를 터뜨리는 내게 그 친구는 전역하는 김에 마음 한 번 다잡는다며 덤덤히 대답했다.

　웃음을 누르고 지금은 없어진 동성로 외곽의 오래된 돈까스집에서 식사했다. 식사를 마치고 나서는 대구시향의 김 선생님과 민들레창고를 다니며 익숙해진 대봉동으로 발길을 옮겼다. 대봉도서관과 고풍스러운 한옥, 적산가옥이 어우러진 대봉동 골목은 정겹기 그지없었다. 그랬기에 나는 대봉동을 잘 모르는 친구를 구슬려 대봉동으로 향했다.

　저녁을 먹긴 했지만 아직은 초저녁 시간이다. 어딜 가 볼까 하며 주위를 둘러보는데 독특한 간판이 눈에 들어온다. '3학년 4반' 이라는 간판 아래로 나무로 만들어 놓은 출입문이 마치 오래 전의 학교 교실처럼 보인다. 문 옆으로는 태극기가 펄럭이고 있었다. 마치 오래 전 학교, 내 취향에 딱 맞는 곳이라 친구와 함께 문을 열고 들어갔다.

술을 마시기에는 아직은 다소 이른 시간이라 우리가 첫 손님이었고, 연세 지긋한 사장님이 우리를 반갑게 맞이하셨다. 찌그러진 막걸리도 운치 있고 손맛과 정성이 진하게 느껴지는 안주는 가격까지 저렴했다. 실내 분위기 역시 여느 술집과는 달랐다.

초등학교 시절 음악 수업의 추억이 담긴 풍금하며, 아주 어릴 적 구멍가게에서 본 기억이 나는 껌통, 세월의 흔적이 느껴지는 악기 등등, 하나같이 1960~70년대를 연상케 하는 인테리어였다. 벽면 곳곳에 붙어 있는 새마을운동 포스터는 그 시절을 살아본 적 없는 내게 마치 그때로 돌아간 듯한 감상에 젖게 해 주었다.

막걸리에 취하고 분위기에 취하며 정담을 나누는데, 새마을운동 포스터 사이로 보이는 액자 속의 그림이 굉장히 낯익다. 자세히 보니 지인인 김 화백님의 그림체다. 반갑기도 하고 신기하기도 한 마음에 사장님께 그림을 그려준 분이 김 화백님이 맞냐고 하였더니 역시나였다. 그러면서 김 화백님 이야기를 한참 동안 들려주시는데, 술집 주인이 단골 이야기를 하는 게 아니라 어머니가 들려주는 아들 이야기로 들려왔다.

당연히 김 화백님이 그 집 아들이라는 이야기는 아니고, 김 화백님을 그저 단골손님을 넘어 친아들처럼 정겹게 대하셨다는 이야기다. 분위기도 분위기지만 술집 벽에 걸린 그림을 그려준 단골손님을 친아들처럼 아끼며 그분의 지인인 나조차도 가족처럼 살갑게 대해 주시는 모습에서 감동이 전해졌다. 김 화백님의 안부 인사를 주고받으며 술집을 나서면서, 이곳도 자주 들러야겠다는 다짐을 했다.

전역한 뒤 달포쯤 지나 3학년 4반에 다시 들렀다. 바쁜 일정으로 인해 김 화백님, 시향의 김 선생님과 자리를 함께하지는 못했지만 친구나 지인들과 술자리를 가질 일이 있으면 빼먹지 않고 3학년 4반에 들르곤 했다. 처음에는 김 화백님과 김 선생님의 후배나 친한 동생 정도로 반겨 주시던 사장님은 발길이 잦아지며 나 역시 단골이라기보다는 친아들처럼 맞이해 주셨다.

새마을운동의 깃발이 방방곡곡에 나부끼던 시절로 돌아간 듯한 게 정겨우면서도 개성 있는 분위기에다 술값, 안줏값도 굉장히 저렴했고 무엇보다 함께한 친구와 지인마저도 마치 아들 친구처럼 친근하게 대해 주셨던 사장님의 마음 덕분에 나는 3학년 4반에 갈 때마다 동석한 친구, 지인에게 '네 덕에 좋은 곳 왔다' 라는 찬사도 들을 수 있었다.

한 번은 다니던 일본어 학원 선생님을 모시고 갔더니 그다음 날 감사하다며 다음에도 꼭 가보자는 이야기를 해 주신다.

나를 3학년 4반과 이어 주었던 김 화백님, 그리고 김 선생님과는 전역하고 1년 남짓 지나서야 다시 만나 회포를 풀 수 있었다. 아직 우리나라가 빈곤에서 벗어나지 못했고 여성에게 교육의 기회도 쉽게 주어지지 않았던 시절에 젊은 날을 보내셨던 사장님은 궂은일을 마다하지 않는 어려운 삶 속에서도 문학가의 꿈을 간직한 채 자녀분들께 최선을 다해 좋은 교육을 해 주셨단다.

자녀분들은 모두 잘 자라 사회 여러 분야에 성공적으로 진출해 있고, 해외에 진출한 자녀분을 따라 민간 외교관 역할을 하신 적도 있는 이야기를 전해 들을 수 있었다. 아울러 두 분은 3학년 4반 사장님을 '어머님' 이라 부른다는 사실 또한 알 수 있었다.

이곳에 처음 왔던 날 김 화백님의 안부를 여쭈었을 때의 반응, 그리고 나를 그저 단골손님이라고는 보기 어려울 정도로 환대했던 모습을 떠올리니 그런 호칭이 대단히 자연스럽게 다가왔다. 한 번은 김 화백님께 이곳에서 도화지에 연필로 즉석에서 그려준 그림을 선물 받기도 했다. 새가 병 위에서 나무 열매를 물고 있는 그림이다. 그 뒤로 나는 김 화백님하면 새 그림부터 머릿속에 떠오른다.

2010년 3월에 대구를 떠나면서 3학년 4반과의 인연도 한동안 끊어졌다. 마지막에 친구와 그곳에 갔을 때 '동민이 좋은 신부 빨리 만나 결혼해야 할 텐데' 라는 말씀을 들은 기억도 생생했고 그 뒤에도 대구에 더러더러 내려왔지만, 무엇 때문인지 3학년 4반으로의 발길은 이어지지 않았다.

어쩌면 그저 단골 술집 사장을 넘어 정말로 '어머님' 같은 분이셨기에, 교단을 떠나 학업에 열중하던 그때의 내가 그곳을 찾기는 부담스러운 마음이 들어서였을지도 모르겠다.

대구를 떠난 지 9년쯤 지난 어느 날이었다. 대봉동은 재개발로 그 모습이 크게 바뀐 지 오래였고, 3학년 4반이 있던 자리에도 한참 전에 다른 건물이 들어섰다. 언제 한 번 가 봐야지, 가 봐야지 하는 마음만 가진 채 10년 가까이 한 번도 찾지 않은 그곳에 더 늦기 전에 들러야겠다는 생각이 들었다.

　가끔 한 번씩 연락을 주고받는 대구시향의 김 선생님께 안부 전화도 할 겸 전화를 걸어 3학년 4반 소식을 물었더니, 전화번호는 갖고 있지만 본인도 안 가본 지 제법 시간이 흘렀단다. 전화번호를 얻어 연락을 드리니 반가운 목소리가 들려온다. 오래전 소식을 전하며 내가 십 년쯤 전 김 선생님, 김 화백님과 함께 자주 들렀던 누구였다고 밝히니 기억을 하신다. 장소는 옮겼지만 아직도 장사를 하신단다. 조만간 대구 내려가면 뵙겠다는 약속으로 오랜만의 반가운 통화를 마쳤다.

　9년 만에 다시 찾은 3학년 4반은 옛 모습 그대로였다. 옛 학교를 연상케 하는 테이블과 오래된 공중전화기, 새마을 포스터를 보며 나는 자칫 기억 너머의 추억으로만 남을 뻔한 장소에 다시 온 감회에 젖었다. 어머님의 정겨움과 친절함, 음식솜씨도 그대로였다.

　함께 간 김 화백님과 김 선생님도 3학년 4반에는 한참 만에 온단다. 그분들도 내 덕분에 오랜만에 소중한 장소에 올 수 있었다며 고맙다는 이야기를 전했다. 어머님은 오랜 단골이 시간이 흘러도 찾아오는 반가움, 그리고 옛 단골이 성장한 모습으로 다시 찾아오는 보람 덕에 장사를 계속하신단다. 결혼 소식까지 전해 들으며 나중에 가족과 꼭 발길 하라는 당부도 잊지 않으신다.

담소를 나누며 한참 만에 보는 낯익은 소품들을 둘러보는데, 옛 보이스카우트 단복 옆으로 사진과 편지지가 붙어 있는 게 보인다. 자세히 읽어보니 보이스카우트 활동을 하던 막내아들과 찍었던 예전 사진, 그리고 아이들에 대한 사랑과 글쓰기에 대한 열망을 아주 정갈한 필체로 써 내려간 손편지였다. 김 화백님과 김 선생님께 전해 들은 어머님의 삶이 그대로 전해 오는 편지와 사진을 보니 절로 가슴이 따스해졌다.

그 뒤로도 이어지던 3학년 4반으로의 발길은 코로나-19 팬데믹으로 다시 한 번 막혔다. 팬데믹이 한참 시작될 무렵 안부 전화를 드리니 다행히 건강하셨다. 이제는 연세도 적지 않으신 3학년 4반의 어머님이 늘 건강하시길 기원한다.

– 2021년 8월 집필

세로쓰기 옥편

고등학교에 진학할 무렵이었다. 외가에 가니 외할아버지가 장롱에서 무언가를 꺼내어 내 손에 들려주신다. 고등학교에 가면 한자 공부를 열심히 해야 할 테니 나 주려고 잘 보관하셨다는 옥편이란다. 감사하다고 인사를 드리며 옥편을 받아보니 표지부터 예사롭지 않다. 한 눈에 봐도 세월이 느껴지는, 군데군데 낡고 닳은 옥편이다.

표지를 넘겨 보니 눈이 살짝 아프다. 오래 전에 발간된 세로쓰기 옥편이기 때문이었다. 나는 세로쓰기 책을 읽거나 그런 책으로 공부한 세대가 아니기 때문에 세로쓰기 책은 잘 읽어내지 못한다. 아직 신문은 세로쓰기하던 시절이었지만 신문은 몰라도 책을 세로쓰기로 읽기는 그만큼 어려운 일이었다.

마침 중학교 때 사놓은 가로쓰기 옥편도 있고 해서 그 옥편은 책꽂이에 꽂아만 두었다. 거의 펴보는 일은 없었지만 외가에 가면 한 번씩 외할아버지, 외할머니 앞에서 그 옥편 이야기를 하며 열심히 한자 공부하고 있다는 말씀을 드렸다.

돌아가신 외할아버지와 외할머니는 두 분 모두 1911년생이셨다. 나와는 70년간의 차이가 있다. 원체 오래 전에 사시던 분이다 보니 책도

귀했고 공부할 기회는 더더욱 잡기 어려웠던 시절의 기억이 세로줄 옥편에 전해진 셈이다. 그때와는 비교할 수 없을 정도로 책 구하기와 공부하기가 쉬운 시절에 태어난 나도 세로줄 옥편에 담긴 외할아버지의 마음은 당연히 읽어낼 수 있었지만 그 옥편을 실용적으로 쓰지는 못했다.

간혹가다 옛날 책에 대한 호기심에 몇 번 책장을 넘겨 보기는 했지만, 한자 공부는 중학교 때 장만했던 가로쓰기 옥편의 몫이었다. 그렇지만 옥편을 건네주신 할아버지의 마음마저 버릴 수는 없어서 넘겨 보는 일 없는 세로쓰기 옥편은 이십 년이 넘도록 고향 집의 책장 한편을 지킬 수 있었다.

연세에서 알 수 있듯이 외할아버지와 외할머니는 세상에 계시지 않다. 가톨릭 신앙심이 무척이나 깊으셨던 외할머니는 90대 중반 무렵에 하느님의 곁으로 가셨고, 외할아버지는 그보다 10년쯤 뒤에 주무시는 듯 세상을 떠나셨다. 외할아버지가 돌아가셨던 그해 나는 박사 학위를 갓 마치고 강단에 처음 출강하고 있었다.

전업 대학원생 노릇을 한다는 핑계로 몇 해 동안 인사조차 못 드리다 외할아버지 생각이 날 듯하니 세상을 떠나셨다. 장례식에 가보니 임종을 지키시던 어머니와 이모님이 외손자가 박사가 되었다는 말씀을 전하셨단다. 장관과 대통령보다도 박사를 명예롭게 생각했던 시절을 사셨던 분께 조금의 위안은 되었을까?

재작년엔가 지리학 강좌에서 수강생에게 인상 깊은 장소에 대해 질문을 하니, 어떤 학생이 돌아가신 할아버지와의 추억이 얽힌 장소를 진지하게 이야기한 적이 있었다. 나는 그 이야기를 들은 뒤 외할아버지, 외할머니 이야기를 하며 연세 드신 조부모님께도 자주 안부 인사를 드리라고 권했다. 지금 와서 후회해 본들 살아계실 때 잘 해 드리지 못하면 아무 소용이 없는 법이다.

먹을 것이 귀하디귀하던 시절을 사셨던 두 분은 어린 시절 외가를 방문한 외손자인 나에게 식사를 배부르게 한 뒤에도 음식을 계속해서 권하곤 하셨다. 그러다 보니 배가 부른데 계속해서 한 숟가락 한 젓가락 더 먹으라 강요하다시피 음식을 권하시던 외할아버지와 외할머니 앞에서 음식을 천천히 드는 시늉을 해야 했다.

어린 시절이었지만 그러던 두 분이 딱히 이해가 안 가거나 불편하

지는 않았다. 연세가 워낙 높은 분들이셔서 어린 나이에 이해했던 듯
도 하지만, 그 전에 두 분의 진심 어린 마음이 어린 내게도 와닿아서
그랬던 게 아닌가도 싶다.

책꽂이에 말없이 꽂힌 낡은 옥편을 볼 때마다 이제는 세상에 안 계
신 외할아버지와 외할머니의 추억이 떠오른다. 외할머니가 하느님 곁
으로 가신 지 십 년도 더 지난 뒤에 나는 아내의 권유로 성당에 나가
기 시작했다. 교리 공부를 하며 외할머니를 늘 떠올렸고, 고향 집의
책상을 보면 고교 시절 가보처럼 낡은 세로쓰기 옥편을 손에 쥐어주
셨던 외할아버지의 모습을 떠올린다.

오늘 밤엔 글을 마치고 아내와 묵주기도를 하면서 두 분의 명복을
빌어야겠다.

– 2021년 8월 집필

이동민 수필집
서해에서
•
지은이 / 이동민
펴낸이 / 김정희
펴낸곳 / 지구문학

03140, 서울시 종로구 종로17길 12, 215호(뉴파고다 빌딩)
전화 / (02)764-9679

등록 / 제1-A2301호(1998. 3. 19)

초판발행일 / 2021년 9월 15일

ⓒ 2021 이동민 Printed in KOREA

값 15,000원

E-mail/jigumunhak@hanmail.net

※잘못된 책은 바꿔드립니다.
※저자와의 협약으로 인지는 생략합니다.

ISBN 979-11-91982-00-8 03810